火车站巡逻笔记

尚元用 著

江苏凤凰文艺出版社
JIANGSU PHOENIX LITERATURE AND
ART PUBLISHING

图书在版编目（CIP）数据

火车站巡逻笔记 / 尚元用著 . -- 南京 : 江苏凤凰
文艺出版社 , 2024.6
ISBN 978-7-5594-7790-3

Ⅰ . ①火… Ⅱ . ①尚… Ⅲ . ①纪实文学 – 中国 – 当代
Ⅳ . ① I25

中国国家版本馆 CIP 数据核字 (2023) 第 098218 号

火车站巡逻笔记

尚元用　著

责任编辑　王昕宁

特约编辑　王菁菁　梁余丰　朱若愚

出版发行　江苏凤凰文艺出版社

　　　　　南京市中央路 165 号，邮编：210009

网　　址　http://www.jswenyi.com

印　　刷　河北文扬印刷有限公司

开　　本　880 毫米 × 1230 毫米　1/32

印　　张　8.5

字　　数　158 千字

版　　次　2024 年 6 月第 1 版

印　　次　2024 年 6 月第 1 次印刷

书　　号　ISBN 978-7-5594-7790-3

定　　价　52.00 元

目 录

作者序

如果有人问我，你为什么选择当铁路警察？

那我一定会坦诚地说，为了有份工作。

大环境很容易影响一个人，我大学就读于北方的一所司法警官学院，学校"考公"氛围浓厚，每年毕业生当中，有相当一部分人去考公务员。其中，大多数当了警察。我和他们当中的大多数想法相似，感觉既然上了警校，毕业后不当警察，这四年警校还有什么意义呢。

当警察也有很多种选择，我为何将视线瞄准到"铁路公安"上呢？这要由一个人讲起。我曾在电视上看过一期访谈节目，是关于"警坛神笔"章新的采访。他仅靠手中的一支碳素画笔，就能从目击者的描述中绘出嫌疑人的画像，然后以像寻人，抓住嫌

1

疑人。模拟画像和嫌疑人本尊简直像一个模子刻出来的。这种技艺深深地震撼了我，也让我知道了铁路警察这个职业。

和你们一样，起初我也以为铁路警察不就是火车上的乘警嘛，工作以后我才知道，除了乘警，还有站警、交警、特警、线路警等。不夸张地说，铁路公安和地方公安相比，绝大多数警种皆有覆盖，只缺户籍警。

当初我所报考的职位是 K 市线路岗位，培训报到时被调剂到 S 市的一隅——东湾火车站。这一变动打乱了我对未来的预想，毕竟两地生活成本差得不是一星半点儿。而在 S 市竟然拿着和 K 市一样的工资，换作是你，你会如何选择？

反正我是别无选择。既来之，则安之。截至目前，我的职业生涯已经跨过整整十年，主要从事的工作岗位涉及线路、火车站、列车。在此期间，我在不同岗位上接触过形形色色的人，目睹了诸多奇奇怪怪的事。这些故事里，大多数时刻主角并不是我，我只是一个聆听者、见证者、记录者。

我在警校读的是汉语言文学专业（法制文学与法制宣传方向），其实就是大家常说的中文专业。我真正开始写作也是在大学期间，那时我在学院报刊当编辑，刚开始写诗，后来写小说。记得大三时市内各大高校联合举办了一次征文比赛，我写了一个短篇小说，名叫《迁徙的拾荒者》，获得了征文大赛的"最佳小说奖"，自此大受鼓舞，开启了长达十余年的写作旅程。

我一直自诩是个写小说的。2017 年，我的长篇处女作就是一部悬疑小说。可能和自己从事的职业有关，我所写的小说大多是悬疑、犯罪、凶杀等题材。有一次，一个同事问我，你怎么不写写我们铁路警察？

我笑着说，铁路警察有什么好写的。

事后一想，还真有不少东西可写。作为警察，我们是"小众"的。大部分人提到铁路警察，知之甚少。前段时间受人关注的"高铁霸座"事件，一度将铁路警察置于风口浪尖，这时人们才知道，原来还有铁路警察这个职业呢。其实，铁路警察不只出现在火车上，人流密集的火车站里有他们忙碌巡逻的身影，人烟稀少的铁路线上留有他们的巡线足迹。铁轨延伸到哪里，哪里就有他们的身影。

希区柯克曾说，好故事就是把生活中无聊平庸的部分剔除。回顾十年的职业生涯，大部分时间我都在平庸和重复中度过，但就像一汪平静的湖泊，总会泛起几个涟漪。而这些涟漪，就是我要小心翼翼捕捉的写作素材。

有人会说，写你熟悉的领域还不是信手拈来嘛。但对我而言，我会很忐忑，害怕写得不好，遭受同行笑话。我也担心写得太逼真，会有人对号入座。

作为一名铁路警察，打交道最多的当数来去匆匆的旅客们。其次，就是那些经常活跃在火车站的"黄牛"、盲流、社会闲杂人员，当然，还有违法犯罪分子。在他们身上，发生了许多奇闻逸事，或荒唐可笑，或催泪感人。这些故事真真切切地发生在我的身边。作为一名写作者，我觉得有必要将其记录下来，算是给过往一个交代。十年的职业生涯，这本书算是我的"另类工作总结"。

我经常工作的地方是火车站南广场。广场很大，徒步绕一圈，至少花费一刻钟时间。因此，在广场上工作，我们通常开电动巡逻车，这并不是偷懒，而是为了一旦出现警情能够第一时间抵达现场。

南广场也是旅客进出火车站的必经之地。如果把火车站主体建筑比成一座堡垒，那南广场就是前沿阵地、护城河。因为是开放式广场，所以这里也是整个火车站地区最复杂的区域。流动的人群，隐藏着诸多不确定性因素。这就要求我们在日常巡逻过程中更加小心，碰到可疑的人要严加盘查。表面上看，我们只是查证件，其实，我们也在察言观色，判断是否需要对被查者采取进一步的措施。除了查人，有时还要查他们随身携带的行李。

记得我刚上班时，去查身份证，经常会碰到旅客反问："为什么查我？难道我长得不像好人吗？"

其实，坏人脸上并没有刻着"坏人"的标记。隐藏在人群中的违法犯罪分子往往长着一张大众脸，需要我们通过海量的工作去甄别筛查。筛查出危险分子，将其挡在车站之外，旅客的出行环境才能更加安全。

　　我在南广场巡逻这些年，靠着查身份证，就查出过不少"坏人"。你能相信吗？本书故事里，有这么一位迷途少年，他在派出所偷手机只为了打一把《王者荣耀》；还有追逐梦想的老人，他的谷仓里藏着不为人知的秘密；令我印象深刻的还有一个入室盗窃犯，是个十足的吃货，他临进拘留所，还不忘笑着提醒我，"天太热，烤鸭别忘记放进冰箱"。

　　凡此种种，不一而足，故事要从我入警那一年讲起。

　　　　　　　　　　　　　　★作品中所有出现的人名均为化名。

1

轨道旁的无名头颅

课程结业后，从铁路警校返回S市的警车，由李旋风掌舵。入职培训时，我就对李旋风的传奇故事有所耳闻，那日一见，果然名不虚传。之所以有此雅号，皆因他曾破过单杠旋转的吉尼斯纪录，参加过达人秀节目，他形容自己旋转起来像阵风。李旋风曾给梁处长开车，梁处长退休后，他不仅没有高升，反而退居二线，成了培训中心的专职司机，负责接送批量培训的警员。

坐李旋风的车，从不缺少欢声笑语。只要有人抛个引子，把话题扯到单杠上，他便会现身说法，将那段高光岁月添油加醋，娓娓道来。据他讲述，当年参加节目时为增加难度，彰显实力，他主动提出要在一次性完成三百五十个单杠旋转后，当场背诵《木兰诗》。

"你们想想，那么多个旋转下来，我不仅不晕，还能把《木兰诗》背得滚瓜烂熟，现场的主持人和观众都惊呆了。"说罢，他张口流畅地背诵起来，摇头晃脑的模样，俨然一个如痴如醉的老学究。这情形吓得坐在前排的教培中心领导赶紧叫停，提醒他安全驾驶。

车厢内响起一阵稀疏的掌声。李旋风容光焕发，说这都不算什么，从节目归来后，他便开始琢磨如何突破自己，迈上新的台阶。在旋转数量达到极限的情况下，他另辟蹊径，苦练一个月之久，终于将《木兰诗》倒背如流，本想接受邀请去海外表演，无奈组织不批准，只好作罢。说到这里，他脸上的遗憾写得明明白白。

在新警培训班那会儿，我曾听说过两个传奇人物，一个就是李旋风；另一个是大名鼎鼎的"神笔警探"，他是接下来的故事的主角。

李旋风开着大众 Polo 警车，我坐在后排，靠着车窗，玻璃上的雨水被风推着横向滑行，外面的景物随之模糊。

我刚得知被分配到东湾站派出所时，还没有明确的概念，只是听人说东湾站临海。我想象中的海是蓝色的水、金色的沙，等真见到了，才知道这里的海是土色的水、灰色的泥。

东湾火车站是一个偏僻又荒凉的小站，多数同事都是年龄五十岁以上的老同志，这里被戏称为"离退休养老院"。

"小尚，那地方不错。养养鸡，种种菜，轻松惬意，反正工资一样多，你就别纠结了。"室友石磊这么安慰我。石磊是和我同年的新人，也是我最好的朋友。和我不一样，他被分配到市中心做铁路民警，所以，他的安慰在我听来真没啥作用。

雨越下越大，距离从 S 市火车站出发已过去大半个小时，车子从地面驶上高架，由高架驶入高速公路，足足开了近两个小时才到达目的地。

这一路，建筑物逐渐变得稀少，马路倒是宽阔了起来。

"所里老同志太多，需要补充新鲜血液。老同志玩不来电脑，不会使打印机，你来了就好了。"李旋风挺高兴地对我说。

抵达派出所大院时，天已经漆黑。老同志们欢天喜地准备了接风宴，看到主菜的时候我傻了眼：这可真是应了石磊"养鸡种菜"的预言啊！只见一位老师傅指着余烟袅袅的砂锅说："为了给你接风，所长特批，杀了一只大公鸡！这可是正宗散养土鸡，城里吃不到。"说完，他热情地给我夹了一只鸡腿。还别说，真香，特有嚼劲。

这位给我夹鸡腿的同志叫周达，是我正式上岗后的第一任师父。后来我俩混熟了，我不叫他师父，就叫他老周。吃过晚饭，他把我带到一间收拾干净的备勤室。所谓备勤，就是准备工作的意思。待在这里，万一有突发情况，能随时上岗。

老周说："考虑到你家在外地，先住这里。"我扫视了一下房间，约有十平方米，家具有单人床、书桌、衣柜及空调。如果不看墙上张贴的备勤制度，我还以为这是一间单身公寓。由于没看到路由器，我顺口问了句："请问这里有网吗？"

"你要网干什么，下海打鱼？"

我刚想解释，老周又接着说："网是没有，不过我有鱼竿，改天带你去海钓。"

说完，他自个儿也没绷住，笑出声来。老周憨笑着说："不开玩笑啦，咱这儿整栋楼只有三楼有外网。"我看了看手机，信号极差。没网络的话，就没游戏玩了，我不禁叹了口气。老周看出我的失望，答应我明天去找领导。他没食言，次日午后，所里来了位身穿中国电信工装的小伙子，三下五除二弄好了网络。看着闪烁的路由器指示灯，我无比感激老周。

上班第一天，老周带我去巡线。沿铁路线进行巡逻、及时排查线路上的各类安全隐患，是线路民警重要的日常工作。徒步走在坑洼不平的铁轨路基一侧，不仅费鞋还费力，稍不留意极容易崴脚，因为你不知道一脚踩下去会不会下陷。

才走一公里，我俩就汗流浃背地坐在石阶上休息。老周问我："感觉怎么样？"我抬头看了一眼望不到尽头的轨道，视线转向蔚蓝的天空，几片云像棉花糖一样白。

就这活儿，是个人都能干，不就是徒步巡逻吗？这是我内心的真实想法，当然不能明说。

"还行，就是脚有点儿难受。"

老周瞥了我一眼，见我穿的是单位发的制式皮鞋，不由得苦笑说："你咋穿这鞋？赶紧脱掉，看看脚有没有起疱。"

脱下鞋子、褪去袜子一看，我的脚底板果然磨出了几个水疱。第一天巡线出师不利，因装备问题半路折返，临时更改为熟悉生活环境。一周后，我穿着新买的耐磨运动鞋和老周再次踏上线路。这天预报有雨，天阴沉沉的，我学老周把雨衣系在腰间。一边走，老周一边给我解释，下雨天在线路上巡逻为什么不能打伞。

"一旦雨伞被风刮起来，铁质的伞架碰到接触网，很有可能造成短路，这样不仅影响行车安全，清除故障也要耗费大量的时间，会出现列车大面积晚点的情况。"

老周见我听得不认真，好像来了兴致，就额外说了一件事。

"去年在北方某车站，有个精神病患者不知道怎么回事，爬到列车顶部去了。警察赶到现场，立刻叫站里断电，确认断电后，负责现场指挥的副所长一声令下，两个民警赶紧爬上车厢顶部想把精神病人控制住，没想到接触网上还有余电，两名同事就这样牺牲了。"

我震惊地问："不是已经断电了吗，怎么还会触电？"

"光断电没有用，还得放电，就是把余电给放掉。那都是高压电，一丁点儿余电都能要人命的。这可是有血的教训，一定要格外注意，假如看到线路上有电线故障，一定不要轻易靠近，第一时间上报，等待专业的人来处理。明白吗？"

我用力地点点头。这时，闷热的天空挤出几滴豆大的雨珠，打在铁轨上"啪啪"作响。

"哟，雨要下大了，赶紧把雨衣穿上。"老周解下雨衣，飞快穿上，快步向一旁的院墙移动。我俩缩在墙边，一辆满载集装箱的货运列车缓缓驶过。夏天的雨，总是一阵一阵的，来时凶猛，去时匆匆。没多久，雨就停了，天气没变凉爽，反而更闷热了。

雨停以后，我看到距离铁轨不远处有个球状的物体。想到刚才老周说了一通巡线安全意识有多重要，我立刻警觉起来，示意老周看向那边。

"你看，那是什么？"

"什么？"老周边问，边向矮树丛走去。突然，他一怔，愣在原地。

我跟着他，也有点儿慌了："师父，那、那是什么？"

"好像，是颗人头。"师父的语气虽然淡定，表情却很扭曲。整个人像是被孙悟空叫了个"定"字。

"啊？不可能，荒郊野外，怎么会……"我故作镇定，上前两步，这下我也被钉在原地。

真的是一颗人头。

那颗头颅虽然面目全非，但它凸出的鼻梁、裸露的牙齿、凹陷的眼窝，分明能看出人头的样子。

我想再靠近点儿，老周伸手拦住了我："别动！别破坏现场痕迹。"我师父不愧是干过刑侦的，第一想法是保护现场，等待专业人士来勘验。

老周从腰间取出对讲机，呼叫指挥室，利索地汇报完毕。之后，他就和我一起在头颅周围徘徊，守护现场，等待支援。

一听是命案，公安处刑警支队迅速行动，三辆警车呼啸而来，停在距离现场最近的一处道口外。我们所的刘所长也带人赶到，在现场周围拉起警戒线。

浩浩荡荡一群人沿着线路走了过来，走在最前面的是分管刑侦的严处长。刘所长见状，小碎步迎了上去，简单握手寒暄后，立刻汇报现场情况。

严处长站在警戒线边上，忧心忡忡地打量着那颗滚落在铁路基底部的头颅，八成在想：这颗头到底是从哪里来的？

答案无外乎两种：第一，从列车上抛出来的；第二，自线路沿线的院墙护栏外扔进来的。

出于谨慎，当时无人敢下定论。秦法医穿戴好装备，第一个进入现场，用照相机从不同角度对现场环境及头颅进行了拍照，并对头颅进行勘验取证。

这也是我第一次近距离接触法医的现场勘探。正当一众刑警对现场有条不紊地展开勘验时，一个身影从不远处缓缓靠近，有人认出来者，轻呼一声："'神笔警探'来了！"

一听"神笔警探"的名号，我的视线随即掉转方向，只见一位便装中年男人拎着复古皮箱缓缓走近。他神情冷峻，朝现场的人略略点头致意后，径直进入核心区。原来他就是"神笔警探"章新。严处长见到章新，眉间的愁云稍稍舒展，他握着章新的手，像见到了救世主："专家来了，我心里就有底了。"

现场的情形远比章新预想中棘手。经过法医初步勘验，确认头颅经过火烧，头皮上的焦煳状物系仅存的头发残留物。章新穿戴好装备，弯腰查看头颅细节，我站在警戒线外面，听不清里面的谈话，勉强听到是在讨论死者的性别和年龄。从道口出去的侦查员已经抵达院墙外，他们对外围环境进行了细致的勘验，但在附近没有发现任何脚印或车辙痕迹，基本排除了有人从院墙外向内抛尸的可能性。

正当他们在轨道边激烈讨论头颅是从哪个方向扔下来的时候，我的视线却被碎石堆上"神笔警探"那个深咖啡色的手提皮箱吸引。老周见我出神地望着那只皮箱，扯了扯我的下摆，故意卖关子问道："新人呀，你想知道那里面是什么吗？"

"里面是啥？"我还是上钩了。

"嘿嘿，你看看皮箱上的字就明白了。"

我往前挪了两步，仔细打量后才分辨出，皮箱上印着的字是"模拟画像组合箱"。我小声读出了上面的字，老周朝我做了个噤声的手势，拍拍我的肩膀，低声嘀咕道："等下忙完回所里，我给你讲讲他的故事。"

我心里自然满是好奇。

一个小时后，现场人员分批撤离，警戒线并不影响列车通行，因此得以保留，为可能存在的二次勘验提供坐标参考。小小的东湾派出所从来没有这样热闹过，整个院子都停不下所有的警车。而会议室内座无虚席，不得不临时增加几把椅子。

会议足足开了两个小时。我还是新人，除了给领导们端茶倒水，就站在走廊里随时等待差遣。

途经此站的列车大部分是普速列车，车上卫生间的窗户有的呈半开状态，丢出去一颗头颅没什么难度。列车时刻表显示，一天的过路车有二十余趟，要查出到底是从哪趟车上抛下来的，无疑是一项艰难的工作。"神笔警探"章新最后发言，他的观点是，一方面从车次入手，寻找潜在的抛尸者；另一方面，从头颅入手，尽快确认死者身份，倒推案子。后者才是他的主要工作。

那颗头颅就保存在储藏室里。散会后，章新拎着他的皮箱径直走进了储藏室，把门一关，傍晚才出来。

这期间，老周和我说了"神笔警探"的传奇故事。

二十多年前，章新刚从警时，也和我一样被分派在线路上工作。有一次，货场丢失了一台彩色电视机，事后证明被人冒领了。平时喜欢画画的章新，在一旁听目击者描述冒领者体貌特征的时候，顺手画下了一张人像。这画像被一旁的领导看见，拿给目击者看，没想到目击者一下子就认出了上面的人，惊呼这不是李小泉嘛。案子迅速告破，领导表彰章新时说："古代有神笔马良，你就是当代的'神笔警探'。"

不久，章新便被调到刑警支队，开启了模拟画像的职业生涯。当年，监控摄像还没普及，许多案件的侦破只能依靠目击者提供的线索，往往一张传神的画像就能节省大量的人力、物力、财力，缩小嫌疑人的范围，有时候甚至能够直接锁定嫌疑人的身份，为破案提供强有力的技术支撑。凭借着一技之长，章新连破了多起重大案件，并被公安部特聘为刑侦专家。

"你看到的那个皮箱就是他的百宝箱。里面装着几百张五官图像，有发型、眉型、鼻型、嘴型、脸型，甚至连不同的鬓角都有对应的图像。这是他这些年来工作的结晶，为了这个他专门研究过我国不同地域及民族的外貌特征，不断实践和改进工作方法。"

说到这里，老周停顿一下，喝了几口水。我趁机发问："师父，'神笔警探'这么厉害，这案子是不是很快就能破了？"

"'神笔警探'再厉害，也需要时间。依我看，眼下这案子有些棘手。你也看到了，那颗头颅损坏成那个样子，就是让死者亲妈来辨认，也不一定认得出来。据我所知，章新应该从没遇到过这么大的挑战。"老周发出一声轻叹，抽起闷烟。

就在这个时候，走廊尽头储藏室的门开了。章新踱步来到走廊，他做了个拉伸动作，点一根烟，兀自抽着，他的表情波澜不惊，看不出任何苗头。当时，我特别想立刻冲进储藏室，看一下画布上的图像，但我现在只能克制好奇心，不能打扰他的专业工作。

一根烟抽完，章新又折回房间继续忙活了一个钟头。当房间的门再次打开时，他径直朝会议室走去。我清楚地看见，他的手里拿着一张卷着的画纸。

费时近四个小时，第一张模拟画像新鲜出炉。用章新自己的话说，这不是模拟画像，而是"人像还原"。模拟画像是根据目击者的描述而绘制；而人像还原是将遭受破坏的面容恢复成图像的形式。

专业术语我也不懂，但当他展示那张逼真的画像时，整个会议室一片安静。几乎所有人都目瞪口呆，被他高超的技艺折服。作为一名见证者，我能想到的形容词唯有叹为观止。

一颗毁容严重的头颅，他是如何将其还原成人像模式的呢？假如不是亲眼所见，我一定会怀疑转述者在吹牛，就算我现在看见了，仍然会怀疑章新是不是拥有某种超能力。

"哪有什么超能力，他的技艺都是一步一个脚印踩出来的。熟能生巧嘛。"老周说完，紧接着补充一句，"当然，天分也很重要。老天爷赏饭吃，加上自身的努力，成就了他。他可是我们公安局的一块金字招牌呢。"

画像出炉，但距离破案还差着十万八千里。单有一张画像，接下来该从何处入手呢？

次日一早，刑警支队征用了一辆作业车来到案发现场附近做侦查实验。刚开始是用西瓜代替头颅，扔了几次，西瓜摔得稀巴烂，流了一地果汁，没有什么参考价值。后来老周提议，去镇上羊肉店买个羊头代替，这个建议很快落实下来，而且效果不错。

为了确认头颅是从上行方向还是下行方向被扔出来的，实验共进行了四轮。侦查员认真记录每一次的具体数据，那辆作业火车头按照普速列车经过的速度，来回开了八趟。

铁路规定，上行是指进京方向或是从支线到干线的列车，而下行则是从北京开出或从干线到支线的列车。火车的车次为偶数的大多是上行方向开行的列车，反之则是下行。有的列车会有单双号两个车次编号，这趟车就是先到北京，再从北京发出。

侦查实验的结果显示，头颅是在上行方向扔下来的。确定了车子的方向，工作量瞬间缩小一半。接下来，侦查员分批走访了当天上班的列车工作人员。但是，一无所获。

与此同时，另一组侦查员沿着下行方向列车经过的站点城市张贴寻人启事，那张运用"人像复原"技术绘制的画像被张贴在途经火车站的显眼位置。一个星期过去，侦查员守着电话，没有线索。这不禁让专案组怀疑，侦查方向是不是出差错了，也有人背地里议论，可能是画像失灵了。

画像逼不逼真，一般是在破案以后才见分晓，那时只需将真人和画像一对比便知。"神笔警探"以往画的都是嫌疑人，且多数情况下有目击者存在。这次不同，他画的是个面目全非的头颅，这种略带实验性质的"人像复原"技术也是没有办法的办法，只能死马当活马医。

专案组几乎每天都在开会，由于案子发生在我们辖区，于是所长派我跟着专案组"锻炼"。临出发时，老周对我叮嘱："你年纪轻轻，又没刑侦经验，去了就做好一件事，保障后勤，多看多听、少说少问。"我牢记师父的教诲，每逢开会主动添茶倒水，倘若不是穿着警服，俨然一个服务生。

案子进展不顺，会议越开越短，主席台上的几位领导早已没有喝茶的雅兴，直到散会都没人端起茶杯，每个人脸上都写满了疲惫和失落，仿佛这个案子就要悬起来了。一次散会后，我在收拾会议室的茶杯，"神笔警探"突然折了回来，原来是他的钢笔落下了。

拿起钢笔，他没有立即离开，而是坐下来，端起那杯尚有余温的茶水喝了起来。

"小伙子，你来这里多少天了？"他不经意地问道。

"到明天正好两个星期。"我停下手中的活计，回答道。

"这个案子从开始到现在，你全程参与了，有什么想法没有？"

我没想到堂堂的"神笔警探"居然会问一个刑侦素人关于此案的看法。我脑海里浮现出师父的叮嘱，少问少说。见我支支吾吾，似有顾虑，他从口袋里掏出香烟，问我要不要来一根，我赶紧摆摆手。

"不抽烟好。"他一边说，一边自顾自地点起了烟。

他瞟了一眼我的肩章，见是"两拐大飞机"①，便微笑着说道："我刚进所的时候，也在线路上干，有一次碰到两个穿越线路的男人，一胖一瘦。我带保安上去盘查，瘦的拔腿就跑，我把胖的按在地上交给保安，起身去追瘦子，可不管我怎么跑，总是缩短不了距离。眼看他就要跑到路口了，那边有几个村子，万一他是个穷凶极恶的歹徒，后果不堪设想。危急关头，我才想到自己带了枪，我掏出那把五四式手枪，对着天空放了一枪。瘦子闻声，腿软了，不敢动弹了，怕我再开枪。后来我把他们带回派出所，一查，居然是两个越狱犯，本来准备扒火车逃走。"

故事结束，他掐灭烟蒂，准备起身离开。我当时不明白他为什么对我说这个故事，按说以他的经历，比这传奇的故事不在少数。当晚我给老周打了个电话，把这事儿和他一说，他在电话那头沉默半晌。

"我想，他大概是想告诉你，要有初生牛犊不怕虎的勇气。我嘱咐你的原话是少问少说，没要你不问不说呀！年轻人想法多，说不定会对破案有帮助呢！到目前为止，你一直是一个旁观者，没发挥什么作用。有句话叫当局者迷、旁观者清，等适当的时候，

---

① 见习警员。

你也可以发表一下自己的观点，不要太过保守，只会端茶倒水。记住，你可是警察，破案是你的天职。"

老周一席话，令我一整夜辗转反侧。关于这个案子，我不是没有想法，只是碍于人微言轻，不敢轻易发表观点，以至于章新问我的时候，我只能以沉默应对，我怕说出来会贻笑大方，被人说幼稚。但是和老周通话后，我决定，还是要把想说的说出来。我期待着天快点亮起来。

第二天一大早，我爬起来匆忙洗漱后，小跑着去了食堂，期待在那里会碰到章新。结果刚出门，就看到走廊尽头有个熟悉的身影，正是章新。我激动地走了过去。

"章老师！我……"

"不急，慢慢说。"相较于工作中那张严峻高冷的面孔，此时的他无比和蔼可亲。

"其实，关于案子，我有一个不成熟的想法。"我特意抬眼看了一下他的表情。

他脸上的表情很专注，还做了个"请说"的手势。

"有没有一种可能，那个抛尸者是从北方坐车到了南方某个车站，换乘另一趟列车返程，在返程途中完成抛尸？这样一来，他就会把警方的视线引向南方。"

察觉到他嘴角泛起一丝满意的微笑，这下我终于松了一口气。

"嗯。你说的有道理。之前我们的工作重点在南方，撒了这么大的网，贴了上千张寻人启事，结果石沉大海……看来是时候换一种思路了，我们就往北试试看。"

两天后，寻人启事上预留的电话终于响了起来。来电者开口便问："我哥人呢？我哥在哪里，出了什么事？"

接电话的警察问对方："你怎么确定寻人启事上的人就是你哥？"

"他就是我哥！我哥长得和照片上一模一样！而且，他已经失踪半个多月了，我在当地也报了警。"

原来，来电者叫袁胜利，在B城火车站广场的电线杆上看到了寻人启事。警方索要了他哥的身份证号码，打开户籍页面一搜，侦查员惊呆了，这张证件照和那张模拟画像简直太像了，怪不得袁胜利一口咬定那人就是他哥。看来，"神笔警探"那支神笔，还是不能小看啊！

警方立即动身赶往B城，采集了袁胜利的DNA，结果还真比对中了。死者名叫袁保国，三十六岁，离异。生前从事黄金回收再加工生意。走访发现，他和前妻宋雅芳纠缠不清，经常酒后堵在前妻家门口，为此还惊动过警察。

警方立即对宋雅芳的住处展开搜索，并未发现异常。在对宋雅芳进行询问期间，她多次泣不成声，控诉袁保国对她施暴，甚至逼迫她与之发生性关系。

"你当时为什么不报警？"

她啜泣着回答："他威胁我，如果我敢报警，就把我一家杀光。我不敢拿父母、弟弟一家的性命冒险，只能忍气吞声。"

侦查员查到她半个月前曾到过 J 市，在她的通话记录里，侦查员找到了一个联系频繁的号码，机主叫王冰，也是 B 城人，在 J 市跑黑车。宋雅芳说，王冰是自己离婚后新找的相好。两个人的事袁保国也知道，有一次袁保国把王冰堵在宋雅芳的屋里，差点儿动起手来。

离奇的是，自从半个月前的一次通话后，宋雅芳和王冰再也没有联系过。这一反常举动无疑使王、宋二人的嫌疑度陡增。警方一边对宋雅芳展开突击审讯，另一边派人前往 J 市寻找王冰的下落。然而这时，宋雅芳说自己怀有身孕，孩子正是王冰的。于是拘留改为监视居住，宋雅芳被安置在铁路宾馆内，由两名女警形影不离地看管。

宋雅芳被监视居住的第三天，王冰出现了。也许是作为孩子的父亲，他仍有一丝牵挂和良知，蛰伏许久的他忍不住来到宋雅芳居住的铁路宾馆，向蹲守在此的警察自首。他的要求只有一个，见宋雅芳一面。王冰刚出现，埋伏的一众警察从不同方向拥向王冰，把他死死按在地上。其中，也包括我。

"小尚，你来搜身，搜仔细点儿。"章新朝我努努嘴。我从他的衣领往下检查腰间有无武器，然后摸了摸大腿内侧，继续向下检查，最后脱了他的鞋子，抽出鞋垫。没有在王冰身上搜出任何违禁品。

"我是来自首的，我要见宋雅芳！"被铐上的王冰大喊道。

宋雅芳被堵在屋里，急得哇哇叫："你们就让我见一下吧，他是孩子的爸爸。"

为了安全起见，警方没有答应王冰的请求，而是直接将他带到 B 城火车站派出所的审讯室。"神笔警探"和一个预审专家走进审讯室，准备好来一场持久的拉锯战。没等开问，王冰却抢先对章新说："我是来自首的，你们尽管问，但你们得答应我，让我见宋雅芳一面，求求你们了！"王冰想作揖感谢，可是手铐制约了他的动作。

隔着透视玻璃，我不由自主地同情起王冰。他苦苦哀求的模样，丝毫看不出凶残的一面。从宋雅芳的描述中不难看出，受害者袁保国并非善良之辈，她好不容易脱离苦海，和王冰相爱，却还是摆脱不了袁保国的骚扰和侵犯。但我又想到当时看到的那颗头颅，王冰到底是出于什么样的心理决定杀人抛尸的呢？一时间，我心乱如麻。

这时，我听到章新答应了王冰的请求。

审讯持续了两个小时，警方得到了想要的一切：犯罪动机、案发现场（包括行凶、分尸、抛尸等场所）、凶器藏匿地点等谜底都在第一次讯问中得以解决。案件审理的顺利程度超乎所有人的想象。

但是，侦查员仍然怀疑宋雅芳也曾参与作案。章新决定再次对她进行讯问。除了一位女警陪同，我也作为记录者一同前往铁路宾馆206房间。

之前两次审讯，宋雅芳以控诉袁保国的恶行为主。这次警方的讯问开门见山，直接问她是否参与到谋杀案当中，她矢口否认，并叙述了案发当晚的情形。

那天半夜，王冰一进门就说他饿了。宋雅芳给他做了顿丰盛的夜宵，他喝了二两牛栏山，酒足饭饱后，王冰借着酒劲，含混不清地说："我得走了，那家伙以后再也不会来骚扰你了。"

那时，一切已经无可挽回。

离开宋雅芳后，王冰当夜就开车去了J市，将肢解后的躯干和四肢分别丢入不同的河道中，唯有一个头颅，他思前想后不知如何处理。他想到自己乘坐火车时看到线路两侧很荒凉，觉得那里比河道还安全。把头颅丢在那里，即使其他尸块被发现，没有头颅，警方就无法确认死者的身份，便查不到他的头上。为了加一道保险，他还往头颅上浇了汽油，烧得面目全非，然后把它装进一个黑色塑料袋内，塞入帆布包，走向火车站。

出门前他早盘算好了，要坐一趟往北的火车，即使那颗头颅被发现，也能起到声东击西的作用，把警方的调查中心引向南方。而这一思路的确给侦查员造成了麻烦。

审讯员问王冰是如何通过安检的。他平淡地说："进站口有段护栏，我把小包扔进去，过了安检又去把包捡起来了。"

"为了让阿芳过上正常的生活，只好杀了他。"王冰的语气依然平静，"阿芳怀孕后，我曾找袁保国谈过，警告他远离阿芳。他说如果给他一笔钱，就考虑不再骚扰阿芳……他开口就问我要两万块。"

"这是敲诈勒索，你当时为什么不报警？"

王冰反问："报警能解决问题吗？"

王冰的神志已经被仇恨裹挟，回答问题时总喜欢用反问的方式质疑一切。

凶案第一现场在 B 城市郊的大操场附近，那边有一处废弃酒厂。袁保国那晚骑着摩托车进入院子，还没来得及下车，就被突然蹿出来的王冰用铁锤重重击打头部。袁保国毫无招架之力，随车子一同倒了下去。

警方在 J 市一处鱼塘边挖出了埋藏的铁锤及斧头，还有一堆烧成灰烬的衣服残留物。其余部分的尸块也被陆续打捞上岸，警方勉强将其拼成了一具完整的尸体。

案件告一段落，我也回到了东湾派出所。临别前，专案组组织了一次聚餐，我从一名成员口中得知，案件陷入胶着状态时，章新提出了由南转北的调查转向，案件才得以柳暗花明。讲述者竖起大拇指，醉眼迷蒙地说："'神笔警探'就是不一般啊。"

"你确定这是'神笔警探'的思路？会不会是别人的想法

呢？"

他定睛打量着我："你什么意思，难不成你也这样想过？如果真是那样，你也有成为神探的潜质。"

我撇撇嘴，阴阳怪气地说："我可没他厉害，还差得远呢。"

我当时年轻气盛，一心以为"神笔警探"仗着自己的权威，剽窃了我的想法。事实证明，我错了。因为聚餐当晚我就从另一位组员那里看到一条短信，上面提的就是南北转向的思路。而信息发送的时间是在我和他聊天之前的一天！我就纳闷了，他明明早就想到了，为何在听我讲述时还一直点头，也不告诉我他有了相同的想法？

我再也忍不住了。怀着敬佩和疑问，还有刚才误会对方的愧疚，我端着酒杯走向"神笔警探"，想听他亲自告诉我答案。

他微笑道："年轻人嘛，需要鼓励。"

我们干杯，酒顺着喉咙下肚，暖到心里。

当我再次坐上 Polo 警车回所时，这次的驾驶员换成了老周。我坐在副驾驶座，他戏谑道："你小子可是载誉归来呀！所里的欢迎横幅都挂好了，迎接你的将是锣鼓喧天、鞭炮齐鸣。"

我也用调皮的口气说："其他都不重要，重要的是我想知道今天有没有炖土鸡。"

"你想得美！咱这儿总共就养那么几只鸡，还指望它们下蛋呢。炖土鸡没有，小葱跑蛋管够。"

老周之所以主动来接我，缘于我俩之间的一个约定。他曾答应我，等案子破了，带我去看海。方向盘在他的手里，只需多开一段路，下一个高速出口便能够抵达海滨大道。老周喊我下车时，我的视线被一条长长的堤坝拦住，本以为这堤坝的作用犹如江南园林的屏风遮挡，跨过以后会有什么令人称奇的景色出现。

结果呢，当我拾阶而上，踏上堤坝，眼前的场景丝毫没有让我称奇的冲动。

就这，这就是大海？灰蒙蒙的海水，黏糊糊的泥滩——这水还没我老家镇上的河水清澈呢！

"东海就是这样的呀！这可是名副其实的大海，里面有梭子蟹，可惜眼下的月份螃蟹已经不那么肥了，我做的梭子蟹炒年糕可是一绝，来年一定让你尝尝！"老周瞧我一脸失望，如此打圆场道。

我站在堤坝上，吹着冷冷的海风，夕阳洒在海面上，起伏的海面似连绵的金山。"面朝大海，春暖花开"，诗歌中的意象是美好的，我望着无边的大海，想象着远方一定存在着辽阔的碧蓝。

当晚我睡在宿舍，窗帘半掩，月光肆无忌惮地占据了半个房间。我给女友小婷打电话，说今天去了海边，她兴奋地问："拍照片没？发给我看看。"

"没什么好拍的，海水和泥土一样脏。你肯定不喜欢。"

她一副老成的口吻回应道："那是长江入海口，水黄很正常！

你不也是文科生吗？地理课没学过吗，没听过冲积扇平原？"

她总是哪壶不开提哪壶，我到现在依然弄不清黄赤交角和晨昏线的概念，甚至一看地球仪就头大……

小站的生活平静且单调，我就这么安于现状，消磨着时光，时光也在消磨着我。两个月时间，我就习惯了那里的一切。有时老周不在，我还会帮他喂鸡。后院的菜地我也按时浇水，摘下霜打的大白菜，剥去包裹的残叶，做一道白菜烧肉，真是绝配。

后来，"养鸡场"终于扩容，鸡、鸭、鹅都有了，颇有动物农场的感觉。春运前夕，宣教室给我打来电话，说是电视台要拍一期专题片，因为那颗头颅是在我们这里发现的，少不了来拍几个镜头，相当于还原现场，重演一遍案件。

当然，这期专题片的主角非章新莫属，没有"神笔警探"的神来之笔，案件不可能如此顺利。以画像寻人的方法看似传统，但效率奇高。专题片播出时，我早早守在电视机前，除了想看一下镜头里的自己，更多的是想以一个旁观者的角度重新审视整个案件的侦破经过。

专题片一开始，就是我和老周的"本色演出"，我俩复盘了在线路发现头颅的一幕，配上背景音乐和解说，悬疑感十足。老周准备了一盘瓜子，嗑得咔咔响。只见镜头对准我俩的背影，然后迅速摇到打着马赛克的头颅上。老周失望地摇了摇头，叹了口气："好家伙，连个正脸也没给。"他丢下瓜子，点了根烟，蹲步到走廊里去了。

有个背影也知足了。我赶紧掏出手机，拍了张照片，回看了一下，虽然只有背影，但 CCTV 的台标挺显眼，好歹我也算上过央视了。我立刻将图片发给了小婷，我正在编辑文字，就见她回了句："这人谁啊？"

"你仔细看看，是不是有点儿眼熟。"

其实她早看出了我的背影，只是在逗我罢了。熟悉一个人，便能在茫茫人海中分辨出他的背影。

之后我继续观看节目。电视台的人进了章新的办公室，桌上有一个不显眼的木雕摆件，是关云长。除此之外，墙上还挂着一幅钟馗的画像。记者问章新这摆件和画像对他而言意味着什么。他说，关公的忠勇值得钦佩，钟馗驱邪，保百姓平安，也是为人民服务。

"我用画笔缉凶，也是为了打击犯罪。"

每一次采访，话题都会不可避免地聊到他的那只皮箱。镜头之下，章新打开皮箱，分类整齐的画像一沓沓摆放着。他随手拿起一沓图像，全是不同形状的眼睛，右下角有编号和备注，方便查找使用。记者形容这是他的撒手锏。他笑了笑："差不多吧，有了这些素材，我的工作效率大大提高了。"

"近年来，随着科技的突飞猛进，你的画像技术是否面临新的机遇和挑战？"

他面朝镜头，沉思片刻，回应道："这是肯定的。其实模拟画像技术古已有之，最常见的就是出自画师之手的通缉令。回到当下，在监控没有普及的时代，模拟画像的确发挥了非常重要的作用。随着科技的发展，监控摄像技术越来越普及，这对我们刑侦工作是有利的，就好比 DNA 技术的应用大大提高了侦破效率。但破案最重要的还是需要人去做。DNA 技术再先进，你没提取到DNA，就没有办法进行比对。监控再先进，也总有死角。发生这种情况，难道就不破案了吗？我要做的是立足传统、拥抱创新。画像技术不会过时，但要与时俱进，比如此案运用的'人像复原'技术，以前就没有尝试过。最近我在跟进一个案子，作案歹徒戴着帽子和围巾，只露出一双眼睛，监控画面也十分模糊。我正在思考如何运用画像方面的专长帮助警方寻找突破口。"

　　专题片播出不久，章新提及的那个戴帽子和围巾的歹徒就落网了，案件的侦破还是得益于他的模拟画像。将借助监控视频拍摄下的模糊图像，还原成高清模拟画像，这一技术称为"人像重构"。章新利用技术专长，从模糊图像里管中窥豹，结合动态视频中嫌疑人的步态，推断出了嫌疑人的大致年龄。多年以来的海量模拟画像基础经验，让他练就了一双火眼金睛，这是天赋加训练的成果，旁人只有羡慕的份儿。这些年，章新带起了徒弟，全国各地都有模拟画像的传人，有的甚至是科班出身，毕业于著名美术学院。用他的话说，学院派适合搞艺术创作，他是实践派，更在意破案率。我有一张和"神笔警探"的合影，如今仍摆放在我的书桌上。

我逐渐适应了东湾镇的生活后，便畅想着能在此一直干到退休，过一过好友石磊所说的"养鸡种菜"的惬意生活。但是万万没想到，我连师父老周的退休都没熬到，就被一纸调令调到了S市市中心的S火车站派出所。回想刚上班那会儿，我很想逃离这偏僻荒凉的海边小镇，讨厌提前养老的缓慢节奏，但一段时间下来，我发现小镇自有它的美。

至少，我不用为租房而发愁。石磊同志曾明确表示过对我的羡慕，他说："我现在和别人合租，早高峰还要挤地铁。你倒好，以站为家，住在所里，省了不少钱。"

离开东湾派出所时，我的行李塞满了Polo车的后备厢。那天上午老周又杀了一只鸡，香味飘满了整个院子。我感觉有点儿对不起院里养的鸡，还没来得及多喂喂它们，看它们多下几个蛋，就因为我的突然到来和突然离去，折损它们两条生命。

这天的鸡烧得很烂，极其入味，而我味同嚼蜡。别离的愁绪笼罩着我。一个人的命运微不足道，老周开车把我载到公安处，我来到十楼组干室，说好的组织谈话，结果只是一张任免表：免去我在东湾派出所的职务，调我到S站派出所当民警。

我从十楼下来时，老周的一根烟刚抽一半。

"这么快？"

"是啊。我一个大头民警，组织上也没什么和我谈的。"我抱怨着钻进副驾驶。

老周猛吞了几口烟，丢了烟屁股，拉开车门对我说："嘿，就为这张纸，费了不少汽油。"

Polo车一直开到S站派出所，把我丢下，然后驶离。我冲着老周使劲挥手，直到猴屁股似的车尾灯消失在我的视线内，我才发现眼睛湿润了。

当我离开那个曾经觉得度日如年的地方，来到这无比繁华的都市中心时，一抬眼望见的尽是高楼大厦霓虹闪烁，扑面而来的流光溢彩反而让我有种莫名的不安，我忽而怀念起宁静的东湾小站。

我临时被安排住在三楼拐角的备勤室，开始为租房的事奔走。我曾经羡慕石磊身处繁华都市，每次他和我聊起火车站广场上发生的趣事、怪事、奇葩事时，我只有倾听的份儿。除了那个无名头颅案，我在东湾镇的工作总体来说是波澜不惊的。

那天夜里，我睡在备勤室，清晰地听见站台上火车轧过铁轨的咣咣声，甚至都能感觉到床在晃动。我一下子想起刚到东湾站的那个晚上，居然听到窗外有蛐蛐声，心想着真是到了荒郊野外。此刻身处市区，外面的喧闹虽然与我无关，却和我的睡眠结下了梁子。

我开始失眠了。

2

警帽里的秘密

初到繁华的 S 站派出所，摆在我面前的突出问题不是工作，而是租房。火车站周围房租太高，租太远的话上班又不方便，综合考量，我决定主攻半小时地铁通勤圈内的小区。当我站在房产中介门口，目瞪口呆地看着一串串令人眼花缭乱的数字时，这才意识到大都市之大，主要体现在房价上。

一位西装革履的年轻小伙子笑呵呵地迎了上来，一口一个"哥"叫着，热情得令我不知所措。在我们小镇上，只有新郎官才会像他这么穿。我一进屋，小伙子立刻给我端茶倒水。

我抿一口柠檬茶，他问我打算买多大的房子。我摇摇头，解释道："我不买房，租房。"

小伙子的失望之情溢于言表，但依然保持着职业微笑问道：

"哥，你想租多大的房，一室户还是两室户？价格方面有预算吗？"

当我看了价目表以后便明白超出预算已是必然。了解完我的需求，他在电脑上查询符合条件的房源，结果：无。

"你的预算在这个地段是租不到一室户的，我建议你再往下坐两站地铁看看吧。"他说的是实话，地段决定价格。

那段时间，我得了看房综合征，看得越多，越觉得自己穷。走在路上，我看着一栋栋房屋，恰如看到了一堆堆钞票；见到一栋漂亮的别墅，不觉得它有多美，只觉得它有多贵。

高昂的房价令我沮丧，怀疑自己能否继续留在这座城市。其实在报考岗位时，我的首选是 K 市，它常列全国百强县前十，地理位置优越，相较于繁华大城 S 市，K 市的房价更能令我接受。可是，招考公告明确说明要服从岗位调剂。于是，我被调剂到了 S 市的东湾站，然后又被调到市中心火车站，难免压力倍增。

找房子这事搞得我焦头烂额，我睡在派出所备勤室，总被火车和地铁的噪声吵得睡不着，失眠是常有的事，必须借助耳塞才能入睡。

关键时刻，石磊伸出援手。有一天快下班的时候，他来铁路广场上找我，明知故问道："你房子找到没？"

我摇摇头："一个人不好找。"

他一脸坏笑地问："跟我合租的哥们儿月底搬走，要不你跟我合租？"

天降救星啊！我激动地一拍大腿，嘴上还矜持道："那我就勉为其难为你分担点儿房租吧。"

石磊租的是一套老公房，房龄比我的年纪还大，客厅漆黑见不到阳光，好在两个卧室都朝南。尤其令我中意的是，我那间阳台边上有一排实木书架，下方还有一张写字台。刚搬进去没多久，我就买了套《鲁迅全集》摆了起来。之后又去了趟花鸟市场，购置了一盆含苞待放的小玫瑰放在百叶窗旁，静待它缓缓绽放。可没开几朵花，叶子就蔫了，我上网一查，好像是得了白粉病。虽然买了瓶多菌灵，终究没能力挽狂澜，而是连花带盆扔进了垃圾桶。打那以后，我再也没有养过花。

我被分到执勤三队，主要负责铁路南广场一带的治安巡逻。执勤警务室位于广场西南角，因靠近 102 路公交站台，便有了代号"102"一说。初次踏进 102，我就看见一个穿便衣的光头胖子边抽烟边冲着普洱茶，带我进屋的张小凡师兄向我介绍道："这是我们梁队长。"

我朝梁队长点点头，道声队长好。他报以灿烂的微笑，掏出一根烟递给我，我连连摆手，说我不会抽。

他把烟塞回去，笑道："不抽也好，你看这扇小窗户，一打开跟烟囱似的，呼呼往外冒烟。上次有个坐公交车的家伙差点儿报火警。打那以后，这窗户也开得少了。"说着，他掐灭烟蒂，分了一杯茶递我，自个儿也开始喝起来。

张小凡师兄年长我十岁，我本想称他为师父，被他婉言拒绝。"你喊我师兄就成，别叫我师父，一起共事一起学习吧。"见他一脸严肃，我只好点了点头，改口称他张师兄。

我跟张师兄巡逻，刚开始就是菜鸟一个，没什么工作经验，成天拿着警用PDA^①在广场上狂刷身份证。我坚信勤能补拙，怎奈每天刷三百个，也刷不出一个"逃犯"来。

一日，张小凡师兄和我一起在东南出口处查堵。说到查堵，这是铁路警察的一项重要工作，"查堵"一词顾名思义，检查堵截。火车站作为一座城市的重要门户，每日进出旅客多达数万人，谁能保证其中没有犯罪分子的身影呢？

犯罪分子脸上没写字，如何将他们从如潮的人流中揪出来，就要依靠查堵工作了。查堵工作像滤网，把进出火车站的人员过滤一遍，筛选出可疑因素。查堵最基础的就是查一个人的身份，其次是查行李。这一切看似简单，可对一名合格的查堵手来说，想在能力上产生质变，往往需要经过漫长的阶段。

由于S市是大城市，S火车站是大部分人长途旅行的终点站，客流量特别大。一趟普速列车有十八节车厢，将近一千人，这还不算其他车次的重叠客流。因此，查堵讲究有的放矢，虽然不能保证查的人每一个都有问题，至少能做到尽量筛查出"可疑"情况。

---

① Personal Digital Assistant，一般是指掌上电脑。

可疑处从何体现？有时是肢体动作，有时是回避的眼神，有时是穿着打扮。当旅客拥向出口处时，有的人一看见警察的身影就立即收住脚步，或折返，或绕路，总之不敢直面警察。这种人我们肯定要查。

对于一些特殊群体，比如吸毒者，他们的肤色看起来没有正常人那般红润。这就是查堵工作中"察言观色"的本领。"察言"，便是在盘查对象的过程中，发现他们前后不一的破绽与纰漏，从谎言中撕开一个口子，从而问出隐情。

张师兄说，新警刷身份证是大海捞针，可是不经过这个步骤，很难练就一双火眼金睛。

记得有次我爸打我电话时，我匆匆回了句："我忙着呢，有个对象。"过了半晌，我爸专门打过来询问对象一事。他问我对象家在哪儿、多大岁数。我顺口回了句，对象是个男的。他支支吾吾，一时语塞。我才反应过来他误会了，赶紧补充："是作案嫌疑人，作案对象！"

张师兄轻易不出手，他把 PDA 交给我，什么经验诀窍也不传授给我，我查人时他就在一边看着。我一度以为他在偷懒，可一段时间后才发觉，他是在暗中观察，不仅观察我的检查对象，也在暗中观察我。

张师兄观察我的检查对象，是为安全起见。他几次私下提醒我，要和被检查者保持足够的安全距离，万一有突发情况，能够进退自如。

他观察我，更多的是在看我的操作流程是否符合规范。比如上面提到的安全距离，至少要有一米。开包检查时一定要亲自动手，不能让对象自己翻动行李。他在意细节胜过出战绩，总是说："安全大于天，所有的行动都要确保足够安全。"

火车站南广场边上有多处公交车站，而且附近还有地铁出口，是旅客进出站的必经之地，也是 S 火车站名副其实的第一道防线。我的主要工作就是负责火车站南广场的巡逻，凡是广场有人报警，都由广场警组负责。一个警组有三名警力，队长亲自坐镇，张小凡师兄和我轮流开展巡逻。

火车站犹如一个流动的小型社会，南广场上更是鱼龙混杂，除了乘车旅客，还有更多形形色色的人。比如，刚出地铁口，就有两个女人像念经似的重复："发票要不要？发票要不要？"她们语速极快，说话像倍速播放的复读机一样。

刚到岗位上，张师兄就带我在辖区内兜了一圈，和我说了常见警情的处置流程。见我听得迷茫，他说，不打紧，单独巡逻时只要对讲机一叫，他就会第一时间赶到现场增援。这句话给我吃了定心丸。

我开着电动巡逻车在广场巡逻，一路上不断遇到问路的旅客。三天下来，那张崭新的站区示意图变得皱巴巴的。我将它塞进大檐儿帽的缝隙内保管起来，以免有时候答不上来旅客的提问。

这一招是张师兄教我的，他的帽子里塞着厚厚一沓纸片，上级通知、简讯、地图，全在里面。我们的制服看着口袋多，其实塞下各种通信设备后并没有更多空间去存放其他物品。

　　只要上铁路广场巡逻，我几乎就闲不下来。对讲机响个不停，一个又一个指令从指挥室下达。有人下出租车把行李遗忘在车上，我得帮他们到出租车调度中心看监控，锁定出租车公司和车牌号，将号码提供给旅客；有人去了趟卫生间，回来发现行李不见了，我要帮他寻找，由于广场两侧是对称的建筑物，总有旅客分不清方向，行李明明放在东侧，却在西侧焦急地寻找；有孩子和家人走失，我要带领旅客去客运值班室发寻人广播……

　　之前有一个男人报警，原因仅仅是他饿了。我说："你饿了去饭店啊！"他说："有困难找警察。"我盯着他看了一会儿，说："你有胳膊有腿，干吗不去找份工作呢？"他一听这话，登时炸毛："你是人民公仆，怎么能说这种话呢？我就是找不到工作才没钱的呀！要不你给我介绍份工作？"

　　我回道："我这里是派出所，又不是劳务介绍所。"

　　"喂喂喂，你什么意思，我可告诉你，你好好说话啊！"他开始盯着我的警号看。

　　"你准备怎么样？"我有点儿生气了。

　　"我找你领导。"

　　瞧他打扮也不像穷得吃不上饭的人。正当我红着脸和这家伙讲道理时，张师兄赶了过来，问了句怎么回事。我把情况一说，张师兄直截了当地对那人吼道："别没事找事，赶紧滚蛋。"他态度强硬，简直有些粗鲁，可就是这一招竟然奏效了，那男子瞟了张师兄一眼，一言不发，灰溜溜地走了。

"以后碰上这种人，别跟他讲道理。他连警察都敢开涮，一看就是'老油条'。"

在火车站，我们通常管一些惯偷和类似故意找事儿的人叫"老油条"。有一个奇怪的现象，大多数无家可归或有家不归的人总喜欢聚集在火车站周围。据我观察，就连火车站的垃圾桶都能养活好些人。有些人早上准点守在垃圾桶边捡空瓶子卖钱，也有人翻垃圾桶找吃的。

翻垃圾桶找食物的人，大多数情况下是精神有疾病的患者。火车站南广场曾有两位疯癫的妇女，天天守着垃圾桶转。其中一位有个习惯，她每天一到正午时分，就走到出租车道护栏边，开始长达一刻钟的自言自语。她语速极快，眉飞色舞，唾沫星子满天飞，像极了周星驰在电影《九品芝麻官》中练习吵架的片段。我曾为了她的安全靠近聆听过，由于其方言口音浓重，只依稀分辨出她是在咒骂一个男人，大概是感情方面受了刺激。

另一位患者是个胖胖的妇女，她最终被寻亲的家人带回了老家。她的家人一路寻亲至此，包了一辆面包车，想把她带回家看病去。结果，三个大汉居然都挪不动她，场面闹大了，有人报了警。

我赶到现场，看了家属提供的户籍证明及照片，确认是她本人和她的家属。

可她像躲仇家似的喃喃道："我哪儿也不去，这里挺好，这里挺好。"她边说边往我身边躲。可能是她常常见到我在广场巡逻，形成了一种信任感，相较于长久没见的陌生家人，我反而是她熟悉的人。她被抬上车时，一个劲儿地冲我喊："救救我，救救我！"她充满哀求的目光至今令我难以忘怀，车门关闭的那一刻，她的双眸里射出两道愤怒的光。也许，她恨我没有对她施以援手。可我没法解释，即使解释了她也理解不了。那一刻，我有一种被误解的感觉，仅仅过了几秒钟，我又替她高兴起来。毕竟，她还有家人在乎她。

回到102，我和张师兄说起这件事。他说，一个精神障碍者想适应新的环境，需要付出很多常人无法想象的代价。而她还算运气好的，至少被家人找到了。他的话使我陷入沉默，我的心头浮现出一丝愧疚。

"你别多想，换作是我，我也希望她回到家人身边。"张小凡师兄安慰我。

道理我都懂，但是，我还是莫名地心酸。

3

倒在出租屋的人

六月中旬，小婷大学毕业。她来那天，我早早等在火车站2号站台上。我心跳得扑通扑通的，伸手触摸脸颊，明显有点儿发烫。从我上班算起，我和她已经大半年没有见面了，对热恋中的人来说，这真是一种煎熬。

一踏入我租住的楼栋，她的脸上便浮现出了嫌弃的表情。其实S市的老公房差不多一个样，楼道拥挤昏暗，赶上梅雨季节，底楼养狗的那家更是常常释放出一股呛鼻的异味。她捂着鼻子跟我上楼，门一开，眼前黑洞洞一片，我打开灯，带她走进房间。这时，她脸上的不悦才缓缓消失。她环视一周，喃喃说了句，还不错嘛。她之所以如此说，是因为高考结束的那个暑假，她曾来过S市，去过一个同学的住处。那里位于郊区，从火车站搭地铁转公交，下了公交还要徒步走上一段路，黑灯瞎火的，简直和老家的农村一个样。幸福常来自对比，有之前的经历做对比，她便坦然地接受了眼前的一切。

小婷很快在附近找了份工作，工资虽然不高，但作为刚走出校园的大学生，她已经很知足了。她将我们的"家"，一间十余平方米的小屋，收拾得井井有条。

有时我们嫌生活太平淡，总是重复同样的事情。可真当生活中出现了惊雷时，会把我们吓得措手不及。我怎么也没想到会发生这种意外，而且就发生在我的身边。

那是深秋的一个傍晚，忽然刮起了狂风。

我接到小婷电话，她跟我说，回家时发现房门没锁，廊道上滚落着一个塑料饭盒，隔壁卧室的门敞开着，窗帘被吹得"哗啦哗啦"响。她第一反应是家里进贼了，吓得立刻退出房门，赶紧给我打电话。我没多想，让她别多疑，先去商场逛一会儿，等我下班去接她。

我立刻打给石磊，但一直没人接。到了七点，小婷等不及，还是先回去了。她心想，如果真有小偷也早该走了，她把灯打开，看到厨房的门竟然关着。她以为石磊在家，喊了两声，却没有人应答。

她壮胆去开厨房的门，结果怎么也推不开。隔着一道缝隙，她看到了石磊的鞋子，而石磊躺在地上，恰好把门给抵住了。

再接到小婷的电话，我发现她的声音颤抖得厉害："你……快、快回来看看，石磊一动不动躺在厨房里，喊他也不答应。"

我顿感情况不妙，让她立刻打120。我把情况跟队长汇报，队长让我赶紧回去。我回到住处时，小婷等在楼下，救护车还没到，她抱着我说："石磊……有可能是晕倒了……希望他只是晕倒。"

我进屋就去推厨房的门，压根推不动，只能勉强推开一条缝，我看到石磊的脚和腿，大声喊他，他始终没有答应。

正好这时救护车到了，医生爬到三楼，喘着大气问我："病人呢？"

我指了指厨房，觉得应该说什么，却一句话也没说出口。

医生只简单检查了一下，手里的仪器都没用全，就对我耸耸肩摇头说："人都硬了。"他的话像一记重拳砸在我的脑门上，我的脑袋"嗡嗡"响个不停。

我用最后的理智报了警。

辖区派出所接警后，很快赶到现场。由于死者系在职民警，地方公安也很重视，立即向上级做了汇报。不久便来了一行人，穿着刑事勘验的马甲进入厨房，我们所长也到了现场，不停地接打电话。

刑事勘验结束，所长在现场和他们做了沟通。对方说，基本排除他杀，排除刑事案件，初步判断为猝死，具体的死因需要通过解剖才能检验出来。

处里的领导也赶了过来，一起来的还有一位德高望重的老法医。他查看了尸体以后，也倾向于心源性猝死这一结论。

我和小婷去派出所做了一份笔录，内心无比忐忑。当看到石磊如今冰冷地躺在客厅里接受法医检查时，我一瞬间崩溃了。我想哭，却发不出声音，只是呜呜咽咽地抽泣着。

一个和你无话不谈的好朋友、好同学、好战友，突然变成一具冷冰冰的尸体摆在面前，是什么感觉？

我感到窒息般的压抑，只能紧紧握着小婷的手和她互相安慰。

一切检查完毕后，石磊被殡仪馆的车拉走了。我和几位同事将他送到楼下，目送灵车缓缓驶离。

最悲伤的时刻还不是那晚，而是我第二天看到石磊年迈的父母的一刹那。石磊的家属连夜赶来，因为路途遥远，他们是坐最早一趟车过来的，抵达时已经接近正午。队长打我电话，让我和女友去单位，说石磊爸妈想和我们见一面，了解点儿情况。

来到会议室，一进门我便瞧见两位老人坐在椭圆会议长桌的对面。不消说，他们就是石磊的父母。我虽然没有见过他们，但听石磊提起过，他爸有一手修理钢笔的绝活儿，早些年在他们镇中学门口摆摊挣些外快，近些年来随着签字笔的普及，这手艺也没了用武之地，偶尔还有熟客带着烟和旧钢笔找上门来，临走时给些工钱，总被他婉言谢绝："都抽过你的烟了，钱就不用再给了。"

石磊说，来的大多是些上了年纪的教师，有的已经退休，他们用不惯签字笔，说没有钢笔写出来的字端正大气。

有时石磊会亲自下厨，邀我小酌一杯。他酒量很好，我绝少见他喝醉。唯一那次是他从广东回来。其实不用开口，只需看他消沉的表情便可知晓原因——他不远千里坐飞机去广东，只为给心仪的女生一个惊喜，为此他做了充分的准备，秘密预订了蛋糕和鲜花，本想着是一场浪漫的表白，对方却拒绝了他。他乘兴而去，败兴而归。那晚我下班回来，看见他一个人自斟自饮，愣是把一瓶白酒喝光了。我想上前安慰他几句，他竟摇摇晃晃进了卧室，不多会儿，就听见隔壁传来呕吐的声音。我知道，他喝醉了。

他的善解人意令我印象深刻，记得我刚搬进这里时，石磊指着两个房间让我挑选，我说："空着的那间挺好。"他却执意让我住他那间："这间宽敞点儿，你女朋友不是马上毕业了吗？"见我仍犹豫不决，他打趣道，"放心吧，住这间也不多收你房租，还是一人一半。"盛情难却，我怀着感激之情住进了宽敞的主卧。那时的他，对未来充满憧憬，眼里饱含对生活的希望。

我在石磊父母的对面坐下，像接受质询似的轮番回答老人的疑问。他们追问我，石磊最近工作顺利不顺利，身体状况如何，吃得好不好，睡眠怎么样。

小婷忍不住哭了，她说道："如果我早点儿发现躺在厨房里的石磊，第一时间就打120，说不定……"

可惜没有如果。就像法医说的，大多数心源性猝死者的黄金抢救时间只有几分钟，即使第一时间发现了，用最快速度拨打120，也未必能够拯救他。

石磊的父母和我们一起回了租住的屋子，我们都在努力寻找屋子里石磊的生活痕迹，多留住一些关于他的记忆。石磊之所以躺在厨房，是因为他当时正准备做饭，冰箱里有他新买的菜，灶台上还有一盒熟食。他很有可能是在进入厨房准备做饭时，身体突发不适，慢慢倒了下去，他的手机还在卧室，甚至来不及打一通求救电话。

在石磊卧室，他的父亲发现了一个烟灰缸，里面堆满了烟头。在他的印象中，儿子是不抽烟的。

"他最近心情不太好，开始抽烟了。"这个问题自然由我回答。

"怎么心情不好了，是不是上班遇上什么难处了？"

作为石磊的父母，居然要通过外人来了解儿子生前的状况，这恐怕是大多数中国家庭面临的问题。在外打拼的孩子总是报喜不报忧，父母不知晓的情况，身边人却看得一清二楚。身为石磊的生前同事兼好友，我觉得有必要把知晓的一切告诉他的家人。

"石磊最近在追一个女孩，不过不顺利。前两天，他一个人大晚上坐在客厅看电视，一期节目看下来，竟然抽了整整一包烟。我一进客厅，被熏得直咳嗽，我劝他少抽点儿，他说，这几天瘾大，往后慢慢戒。"

"那女孩叫什么，你有她的电话号码吗？"石父激动地站了起来。

我摇摇头。

其实，找到那个女孩又能怎样？但是对父母来说，哪怕多听到别人关于儿子的一句话、一点儿描述，也是好的。

告别仪式那天下着小雨，同年入警的同事大多请假前往。我站在人群中蹒跚前行，绕场一圈，把手中的菊花放到石磊的身边。石母的嗓子已经哑得哭不出声音，当遗体被推走时，她昏厥了。

有个女生全程陪在石母身边，后来我才知道，那就是石磊在追求的女孩。其实她完全可以不来的，但她还是来了。石磊，你果然爱上了一个好女孩。

送走石磊后，我搬家了。那晚出事后，我再也没有回去住过。我和女友商量，决定先临时找个地方落脚，然后慢慢物色合适的房子。正好这时我在网上看到一处房源，实在无力折腾，也没讨价还价，干净利落地签了合同。活着就是幸运的，当时觉得有个能住的地方就满足了。

调整心态，走出阴霾，才是我迫切的想法。可是，你越急着摆脱某件事，那件事便会无处不在。哪怕在睡眠中，也会化成一场噩梦侵袭你的宁静。

都说时间是治愈一切的良药，平时感觉时光飞快，总盼它能慢点儿走。可是当心灵遭受重创时，又祈祷时光能加快脚步，帮助自己走出阴霾。

　　我休了两天假，重新上班。当我开着巡逻车在日渐熟悉的火车站广场巡逻时，视线里忽然出现一对熟悉的背影。那是石磊的父母，他们互相搀扶，正在广场一角漫步。见此情形，我的眼眶禁不住湿润了。我没有上前打扰他们，而是把巡逻车停在不远处，静静看着这对父母一步步走过儿子生前工作的地方，他们踏出的每一步都无比沉重，却又格外珍重。我懂这种感觉，走走儿子每天都在的地方，仿佛能感受到他的气息。

　　那一幕我实在不忍心看、不忍心想。

　　石磊的父母是坐当晚的火车离开S市的。两位老人抱着石磊的骨灰盒上车时，石磊的父亲说："小磊，我们回家啦。"

　　我和几位同事立在站台。列车驶离时，我们不约而同地敬礼送别昔日的战友。

4

角落里的"炸弹客"

　　我当时之所以迫不及待地搬家，主要是想尽快忘记这桩悲剧。这算逃避吗？算吧，但也只能这样了。新租的房子合同最少签一年，付三押一，如果提前搬走，押金一概不退。原先的两室一厅被隔成了五个房间，卫生间在一个逼仄的通道尽头，我的房间就在卫生间隔壁。二房东宣称这是一间次卧，可搬进去才发现一旁的墙壁是空的，明显是隔板房。房间也没空调，二房东指着网页上的房间介绍说："你看，这里明明就没写空调。如果你要装空调，没问题，但是每月的房租要涨一百块。"

　　我细问才明白，涨一百块装的是二手空调。涨两百块才给装新空调，这不是羊毛出在羊身上吗？我和小婷一商量，反正也没打算长住，空调就不装了。S市的冬天湿冷得很，多盖点儿被子倒能御寒。可到了梅雨天，整个房间湿乎乎的，一踩脚下的复合地板，"咯吱咯吱"直响，连窗外的风也是湿的，我俩这才开始后悔没装空调。

两个人一合计，还剩不到半年合同就到期了，再忍忍吧。没想到撑过了梅雨天，夏季也格外炎热，仅靠一台电风扇，经常半夜被热醒，好在我们还是挺了过去。

隔板房的房间比较乱，但我还挺高兴的，因为乱就意味着热闹、有生机。发生那桩悲剧之后，我喜欢待在人多热闹的地方。倘若我去上班，小婷回去也不会一个人孤零零的。

记得有一次公安处领导开展关心慰问青年民警的活动，队长提前打电话给我，说领导关心我的居住情况，要登门来给我送慰问品。我赶紧把屋里屋外打扫干净，静候领导到来。

傍晚的时候，宣教室的方主任来了。方主任拎着水果和粮油，进了房间，他没落座，抬眼打量一番屋里的情况，对我意味深长地说："在外工作离家远，好好照顾自己。"两个月后，我接到方主任电话，他向我推荐了一个市政府的公租房项目。年底时，我搬进了窗明几净、配套齐全的一室户公租房，那里价格便宜，离我上班的火车站也不远。

生活看似慢慢回到了正轨。

然而，风平浪静的日子没过几天，我就遇上了一件大事。那年盛夏的一个黄昏，天黑得很晚，我那天正好值夜班，刚巡视到火车站西广场时，忽然看到一个人急匆匆朝我跑过来，他喘着大气指了指西南角，冲我大喊："警察同志！有人要炸火车站，你快去看看！"

我一听，心脏一抽，下意识地抽出了装备带上的警棍。我朝那个人指的西南角方向快跑过去，视线里果然出现了一个奇怪的男人。他坐在地上，面前有个黑色的大包。

他见我向他靠近，冲我做了一个噤声的手势，神秘兮兮地说道："嘘！别过来，我这里有炸弹。"

我没有贸然上前，而是拿起对讲机，呼叫指挥室。

"指挥室，南广场西南角一男子扬言有爆炸物，请速派警力支援！请速派警力支援！"

指挥室迅速下达指令，候车室民警就近增援。不一会儿工夫，我们便设置好了警戒线，并将广场上的旅客疏散。铁路特警赶到现场，他们手里拎着皮箱，里面装的是爆炸物探测装备。

过了一会儿，市局的特警也来到了。两位穿得像宇航员一样厚实、身着防爆装备的排爆战士飞快下了车，并迅速进入角色，缓缓向目标物黑色大包移动。其中一人手持长杆探测仪，在黑色大包上仔细探查；另一人手执防爆毯，等战友的长杆一收，立即用防爆毯盖住目标物。两个人动作娴熟，合作无间，整个过程大概只持续了一分钟不到。

我站在警戒线边上，心脏突突狂跳，心想若是真爆炸了，我会被波及吗？但是看到那两位更接近危险物的战士，便不怕了。

这时候，总有一些路人看热闹不嫌事大，越是告诉他们不要靠近，他们越是怀揣好奇，恨不得到跟前一探究竟。

扬言有爆炸物的男子被两名特警牢牢控制住了。

"包里面装的是什么爆炸物？"

那人只是摇头，并不正面回答。我从他口袋里搜出一张身份证，他叫柯华。核实身份后，发现他有吸毒前科。我们立即对他进行了尿液检测，结果是阳性。

虽说排爆小组那边基本排除了包里有爆炸物的情况，但为了安全起见，他们还是用防爆毯紧紧裹着那个黑色的大包，把它塞进防爆桶内，开车带离现场。

我们给柯华喝了一瓶冰镇矿泉水，他渐渐清醒。这时所长又问他包里装的是什么，他呵呵一笑："没什么，都是杂物。"

"你不是说有炸弹吗？"所长提高了嗓门。

"什么？我不记得了……我什么时候说过？"

审讯期间，柯华反复恳求千万别把他送去强制戒毒，他说这次来S市是为了投奔老乡找些活儿干。

侦查员追问："你老乡叫什么？"

他一抬头，赶忙说："我老乡可不吸毒的，你们千万别冤枉好人。"

柯华交代，老乡叫阿全，是他发小。初三那年，阿全因为遭同学欺负，从镇上跑回了家，吓得不敢去上学。是他带领几个兄弟去镇上帮他出头，结果对方纠集了几个社会青年，把他们痛扁一顿，鼻青脸肿地回了村。后来听说，那几个社会青年家庭背景深厚，叔叔是当地有名的恶霸。阿全打心眼里领他的情，当他走投无路时，已经做了包工头的阿全向他抛出橄榄枝，唯一的条件是"别再碰那东西"。

什么是"那东西"，两个人心知肚明。

柯华哽咽着说，他真的打算改邪归正，但手里还有一点儿存货，又舍不得扔掉。于是，他便在下了火车后，躲进广场上的卫生间里抽了几口。因为想着是最后一次，舍不得浪费，竟然一次性吸光了，量太大，没多久就开始迷糊，产生幻觉。如果不是我们给他看了监控视频，他根本回想不起自己说了什么、做过什么。

审问柯华时，我在门口听着。其间，侦查员几乎插不上嘴，他哭了好一会儿，一直掉眼泪但没有声音的那种哭。他说，对不起老婆和孩子，虽然离了婚，但善良的前妻仍然时不时去探望他的父母。

"她认我爸妈，但是不认我。不怪她，不怪她，是我把她伤得太深了。"

柯华早年继承了家中的小本生意，新婚后两口子勤勤恳恳，加上父母帮衬，生活水平在镇上排得上号。一双儿女长得随妈，走到哪里都有人夸。柯华的生意虽然不大，可流水并不小，不知何时，他沾染上了赌博的恶习。面对妻子的规劝，他不仅不听从，反而以"这些钱都是老子赚来的，想怎么花就怎么花"之类的话回应。这些妻子都忍了，但当她有一天撞见丈夫在偷偷吸食毒品时，她真的害怕了。

柯华颇为感慨地说，赌博有输有赢，可一旦吸了毒，就是一辈子的输家，看不到一丝翻身的希望。

他因吸毒离婚，小本生意也败在手里，店面被贱卖用作毒资。悔恨的泪水改变不了残酷的现实，柯华还是要被送往戒毒所强制戒毒。对他来说，这大概是最坏的结果，但或许这也是一个重新开始的机会。

他能重新开始吗？这个问题恐怕只能由他本人来回答。

坐在带有铁栏杆的警车里，柯华将脸贴在冰冷的栏杆上，呆滞的目光望向 S 市被霓虹灯照得耀眼的天空。那一刻他究竟在想些什么呢？无人知晓。

5

"黄牛"江湖

俗话说得好，有人的地方就有江湖。火车站作为人流密集且流动量极大的场所，自然也会形成一个相对封闭的江湖。其中，最令我注意的当然是"名声在外"的"黄牛"们。记得有人曾说，火车站没"黄牛"还叫什么火车站。所谓"黄牛"，通常是指票贩子。作为平日客流几万人的大客站，靠火车站谋生的人应运而生，他们会抓住每一个"发家致富"的机会。大家最熟悉的，是倒卖火车票的"黄牛"。以前火车票还没有实名制的时候，票贩子们靠囤积火车票为生，甚至还兜售假票。这些人普遍认为，三百六十行，行行出状元，他们来火车站也算打卡上班。

一天，我和张师兄在广场巡逻，碰到一个满头白发、步履蹒跚的老太太，她径直走向我们的巡逻车。张师兄认得她，调侃说：

"金手指，你又来遛弯儿了？"

"金手指"是这位老太太的绰号，火车站刚建成那会儿，她是首批入驻的"黄牛"之一，靠着火车站活了半辈子，如今金盆洗手，但仍惦记着这片她曾经"奋斗"过的热土。每隔一段时间，她总要来广场上溜达一圈，像回娘家似的。只不过这次她要失望了。

她问："王大今天上班不？"

张师兄摇摇头。

"那他啥时候上班？"金手指像在打听老朋友似的。

张师兄知道她耳背，凑近她，高声说："王大退休了。"

金手指听后，嘟囔道："哦，退休了。"她若有所思地点点头，带着惆怅的表情继续在广场上徘徊。

张师兄说："金手指当'黄牛'时可没少被王大抓，那时候她把王大当仇人。都说年纪越大越怀旧，如今她也变成小孩子脾气了。她把王大当成好朋友，每次来广场，只要王大当班，两个人总会聊上一会儿。王大说她当'黄牛'时抓她是分内的事，但她退休之后，就是普通群众了，他要践行从群众中来，到群众中去，陪她聊几句也算联系群众了。"

望着老太太佝偻的背影，我察觉出她对火车站前这片广场充满感情。随着相识的人渐渐老去，熟识的老民警接连退休，再回到老地方时连个聊天的人也找不到，那种落寞感尽数写在她的背影里。

也许你想不到，很多民警和"黄牛"结下了深厚的情感。别看在他们当"黄牛"时，跟民警都像仇人似的，但等他们退出江湖、改邪归正后，往往都和民警有着不错的关系。

有一次我跟梁队长出去吃饭，买单的是一位搞物流的杨老板。他早年间就是资深"黄牛"，专倒火车票，靠着火车站挣了第一桶金，之后做起了正经生意。他为何请我们队长吃饭呢？用他自己的话说，当年他很猖狂，整个火车站南广场谁不知道"杨帮主"的实力。别人搞不定的票子，杨帮主一个电话，到联合售票处走一趟，回来时手里已经有了一沓火车票。

杨帮主关系网强大，在票贩子行当里只做批发不做零售。那些从他手里买票的人明知被宰，也得冲他点头哈腰，尊称一声"杨帮主"。

人怕出名猪怕壮，杨帮主的名声日益壮大，自然登上了票贩子打击名录的榜首位置。在一场名为"春雷行动"的专项行动中，杨帮主落网，连同他的关系户——联合售票大楼里的售票处副主任，也被抓了起来。杨帮主因此背了个倒卖有价票证的罪名。

抓他的人正是梁队长。

杨帮主那次跟头栽得大，关系户也被铁路部门开除了。没了靠山，他只能另谋出路。他眼光不错，把钱投在物流上，花钱购置了几辆货车，再转租出去，一年下来能赚不少。没多久，他便成立物流公司，当了老板。

这一切用他自己的话说，都是被梁队长给逼的。梁队长把杨帮主逼成了杨老板，不再靠吸火车站的血而生存。随着科技发展，实名制普及，倒卖火车票的时代已经一去不复返。

当时，不仅有名气响当当的"帮主"，还有号称"四大美女"的几位女性票贩。

排名第一的是阿芳。她有个绰号叫"39路"，因为一次乘坐39路公交车被司机要求买票，阿芳便使出耍泼皮的绝技，横躺于公交车轮胎前，致使公交车无法正常出行。警察去了，结果发现阿芳有精神病证明，只好以劝说为主。她不依不饶，非得让公交车司机道歉，否则就不起来。后来警察好说歹说，终于让她从轮胎前站了起来。此事最终以阿芳免费乘坐公交车而告终。本来她想让公交公司给她发一张免费乘车卡，无奈没有先例，只好让领导写上一句话：赵秀芳因生活困难，予以免费乘坐39路公交车，然后盖上红戳给她。她仍不满意，说"免费"二字前面总感觉缺点儿什么，思索半晌，她恍然大悟似的拍拍脑瓜，说这"免费"的前面得加上俩字。那领导问她加什么，她理直气壮地说，加上"一直"，也就是"一直免费"。

她把那张盖有公交公司大印的免费乘车小纸条用透明亚克力材质装裱好，揣在兜里，无数次向我炫耀，说这是她争取来的福利。她自诩"持证上岗"，对我说："你不能送我进精神病院，我是本地人，送医必须经过家属同意。你要想拘留我，我劝你打消这个念头，我'39路'在火车站摸爬滚打这么多年，对你们的套路再熟悉不过。看你是个新同志，我就给你说道说道。"

阿芳见我没有打断她，咽了下口水，继续说："拘留我得去精神卫生中心做鉴定，证明我没有精神病，否则拘留所不肯收。到了精神卫生中心，等我证明自己是精神病以后，你就不能拘留我……"

阿芳越说越得意，竟然停不下来了，让我哭笑不得。

不过那时候，"黄牛"之中确实有人随身携带病历本，还有人在包里塞了几瓶药。更狠一点儿的还往兜里装几个打火机，做生意时万一被警察抓住，立刻吞下。我抓过一个叫小贵的"黄牛"，肚里吞了三个打火机，我只好火速带他去医院。结果到了医院，我发现连医生都认识他了，笑着问："你这个月第三次来了吧？"

其中有个叫阿涛的家伙更猛，他擅长吞刀片。阿涛会事先将锡纸包裹的刀片压在舌根下，做生意被警察发现时，立刻吞下。等警察给他上了手铐，他就说肚子不舒服。到医院一看：天哪，刀片还悬在喉咙里。

张师兄曾经纳闷，这帮家伙有这股狠劲，找份稳定的工作踏踏实实干，还愁干不出点儿名堂吗？每逢听到类似的忠言，阿涛就会翻翻白眼，再回一句能气死你的话："我只有吃'黄牛'这碗饭的本事。"

阿涛这类人活跃在站区，像兔子似的东奔西窜，瞄准一些临近车次没来得及买票的旅客，声称能带他们上车。有时为增加可信度，他们还会制作个假工作牌挂在脖子上，反正着急赶车的旅客也不会细看，他们只要晃一晃证件，旅客便信以为真。等拿到钱，他们再随意编个借口离开，旅客不仅损失金钱，还浪费了宝贵的时间。

说回"黄牛"江湖的"四大美女"吧。四大美女中排在第二位的名叫阿艳，绰号"独眼龙"。她的左眼被丈夫酒后打瞎，装了只义眼。阿艳会几句英文，自述曾是英语代课老师，因为工资低而下海做生意，后来做生意失败，沦落到火车站谋生。

张师兄说，她早年倒腾火车票疯狂得很，喜欢把车票塞在裤裆和内衣里，一转身就跟变戏法似的掏出几张车票。有一次张师兄抓到她，把她带到派出所一搜身，这家伙身上居然藏了两百多张火车票。为了多藏一点票，她竟然故意把内衣罩杯买大两个号。一开始，现场的民警都傻眼了，但经过几次，警察都知道了她的把戏，她也就慢慢淡出了火车站南广场的江湖。后来，我发现她去了火车站附近神仙桥的酒吧，因为她会说英语，正好给酒吧招揽外国顾客。看来生意还算不错，最终她再也没有来过火车站。

四大美女之三叫陈园园，因其名字和秦淮八艳之一的陈圆圆同音，便有了"陈美人"的绰号。其实她本人长得五大三粗，是个很彪悍的人。据说早年她刚来S站当"黄牛"时，每次便衣抓她，她都会"裸奔"，现场把衣服脱得精光，躺在地上，引来旅客驻足围观。光是帮她穿衣服，就得三四个女警帮忙，有时执勤队没这么多女警，只能从客运临时借调。她经常在火车站和地铁站两个区域来回打游击，见到巡逻车过来就隐身，车子一走，她又冒了出来。我有时候觉得开巡逻车和这群"黄牛"斗智斗勇，颇有种"打地鼠"游戏的感受。

四大美女中的最后一位叫阿兰，她身材瘦弱，却像猴子般灵活。有便衣追她时，她便纵身一跃翻过栏杆，跑上站台。要是便衣再追，她就玩命往铁轨上跳，这下便衣只能劝她：别想不开，留得青山在，不怕没柴烧，你要是死了还怎么赚钱，你那三岁的儿子怎么办。

当她纵身跳到铁轨上的时候，她就掌握了主动权，反问警察："那我上去，你还抓我吗？"

生命大于一切，警察只能与她讲和。其实，本来警察抓到她也处理不了，因为她有个三岁的孩子无人照料，作为孩子的唯一监护人，她不能被拘留。有一次阿兰在所里接受调查，时间有些长了，我们还专门派了个女民警照顾她儿子，生怕出什么差池。

阿兰的身世我略有耳闻，听说她挺着大肚子时，男友抛弃了她，她执意生下孩子，为此和父母闹翻，只能漂泊在外。她人长得精瘦，鼻梁上架着一副摇摇欲坠的眼镜，在火车站谋生的时候，什么赚钱她就做什么。火车票、充电宝、发光小玩具、火车专用小马扎、矿泉水、雨伞等，没有她不卖的。

我上班没多久，就和她打过一次交道。当时她在地铁口叫卖发票，被我抓住，罚了二十块。等我上夜班的时候，她就死缠着我，我进102休息，她就堵在门口，眼泪"哗啦啦"地流，从口袋里掏出儿子的照片，开始和我讲她的凄惨身世。那天晚上，我走到哪儿她跟到哪儿，贴身保镖似的，连我上厕所，她也要站在外面等候。

"你到底想干什么！"我实在忍不住了。

"不干什么，求求你以后别为难我这个苦命女人，我谢谢你，我给你磕头了。"说着，她"扑通"一下跪在地上，砰砰叩首。我只好赶紧拉她起来。

我和张师兄说起此事，他脸上掠过一丝苦笑。每当张师兄瞧见我对"黄牛"咬牙切齿又束手无策的时候，他就会劝慰我："小尚，你这样不行，工作不能带着怨气。'黄牛'违法了要惩罚，但他们也是人民群众，他们也要吃饭。"

张师兄还说过一句话，我一直铭记到现在：法律是冰冷的，但人是有温度的。为此，他给我举例说明：咱们单位的治安大队队长郑宏亮，他总是身先士卒，冲在抓捕"黄牛"的第一线，凡是站区的硬骨头，他都啃过一遍。对于站区的每一个"黄牛"，他不仅能叫出对方的名字绰号，甚至连其家庭情况都了如指掌。他整治起"黄牛"来雷厉风行，依法办事。可当他了解到"黄牛"的家庭背景时，有时还会主动伸出援手。有个叫刘勇的"黄牛"

曾被他抓住拘留了十天。刘勇恳求放他一马，家中妻儿全靠他养活，他要是进去了，妻儿真的吃不上饭。郑宏亮答应他，会去他家看看。

本来刘勇以为这只是警察在敷衍他罢了。

刘勇妻子失业在家，十岁的儿子就读小学。郑宏亮得知情况后，主动联系当地街道，为其妻子找了一份保洁工作。当刘勇回家时发现，妻儿的生活不仅没有因为他被拘留而受影响，妻子反而还找到了一份离家近的工作。郑宏亮每次去他家，从不穿警服，只称是刘勇的朋友。没过几天，刘勇就来到派出所，给郑宏亮送锦旗。他向郑宏亮表态，自己会去找一份踏实的工作，再也不来火车站捣乱了。

在我看来，郑宏亮的工作方法既维护了法律的权威，又着眼于嫌疑人的实际困难。这是我眼中"文明执法"的典范。打击"黄牛"，就像大禹治水似的，光堵是不行的，有时还需要疏导。执法时，他把"黄牛"当成嫌疑人。下班后脱掉警服，他把"黄牛"当朋友，从源头出发为其解决实际困难。这种工作模式着实接地气，且效果显著。他的事迹也为我日后的执法带来了积极的影响。

6

一张洗衣单帮忙抓逃犯

张师兄曾经在值班不忙的时候给我讲过许多故事。他刚入警时，师父叫老肖。老肖年轻时是出了名的查堵能手，他有一双锐利的眼睛，绰号"肖老鹰"。

肖老鹰的前列腺不好，有一次张师兄路过值班室，推门一看，肖老鹰正拿着热水袋焐前列腺。张师兄关切地问了他的病情，他摇摇头，说："别提了。我去看医生，把片子拿给医生看，你猜医生说什么？总共就三句话。第一句，你这病治不好的。接着说了第二句，我也有这毛病。最后一句话，看开点儿，能保持现状不加重就挺好了。"

肖老鹰说身体状态不佳，导致他的工作状态不稳。碰上重点车次，他会放下热水袋，亲自来到出口处站一会儿。手握热水袋

65

时他还是个病人，到了岗位上，当他手里握着的东西由热水袋换成PDA，他的双眼就变得像鹰一样。这是他多年来养成的职业惯性，也是一名老查堵能手的职业操守。单凭这一点，他就是我们年轻人的榜样。

当年肖老鹰可是治安大队的副队长，有一次他追一个"黄牛"，从南广场追上了人民路，那"黄牛"一口气跑上了高架，老肖那时才四十出头，身体健壮，可那小子更年轻，绰号"麻花"，才二十来岁。刚起步开跑时，麻花明显占据上风，一刻钟后，他有点儿后劲不足，两个人你追我跑，追追停停，眼看就要追上了，没想到"麻花"跑到路口时，被一辆拐弯的轿车撞伤，右腿因此残废，后半生不得不借助拐杖行走。

这件事从程序上看老肖没错，警察不可能预料到所有抓捕过程中的危险，但老肖还是受到了不小的精神打击。

张师兄说到这儿，叹了口气，说道："你想想啊，这么大的火车站广场，每天几万的客流量，总会发生点儿奇葩事，我们听故事的同时，也是在学习业务知识。"

张师兄说到这儿，就问我记不记得有个名叫周佩启的英模，他的画像就挂在派出所的廊道里。我说，这人听说过，好像是个烈士。

"你知道他为什么会牺牲吗？"

"这我倒没听说过。"

周佩启和张小凡师兄是同批入警，一起被分配到广场上，又在同一队，关系自然不一般。当时张小凡的师父是老肖，周佩启的师父是老吴。出事的那个周末，本来是周佩启轮休，但张小凡临时有事，就和周佩启对调了一个夜班，没想到偏偏在那个晚上出了事。

当天晚上，周佩启和老肖在广场巡逻，照例对可疑人员进行盘查。老肖上厕所去了，于是周佩启就一个人展开工作。那会儿保安力量也少，周佩启看到迎面走过来一个中年男子，他朝对方瞟了一眼，对方忽然低下头加快了步伐。警察的本能告诉他，此人可能有问题。

他冲那人喊了句"站住"，那人愣了愣，收住了步伐。他回头冲周佩启笑了笑："警察同志，怎么了？"

周佩启让他出示身份证，他东摸西摸，从夹克内侧口袋里掏出身份证。周佩启接过身份证，抬眼一瞟，发现有问题。正当他举起证件，要将上面的照片和本人做比对时，对方慌了，掉头就跑。周佩启追了上去，一口气追到了人民路地道内。地道里的灯光暗得很，晚上很少有人经过，行人情愿绕点儿路走天桥。

昏暗的灯光下，周佩启穷追不舍，终于把对方扑倒在地，这时候他已经是满头大汗，气喘吁吁。按照常规逻辑，见到警察逃跑的，十有八九是坏人，先铐回派出所慢慢盘问再说。

就在他从腰间掏出手铐，准备给对方上铐时，发现对方的手压在了胸前，猛地扭动身体，一下子翻了过来。周佩启见状，第一反应是扑上去，把他控制住。

没想到一把匕首刺入了他的胸膛，凶手趁机逃跑了。

老肖从厕所出来，看见巡逻车停在广场西南角，走过去一看，车上没人，警灯亮着，车钥匙也没拔掉。这时一个经常在广场上活动的"黄牛"跑过来，说看见周警官追着一个人往人民路地道方向跑了，随后催促老肖赶紧过去看看，说不定是个通缉犯。

老肖一拍大腿，觉得不妙。他知道那地方人迹罕至，若对方跑进地道，周佩启一个人追过去，恐怕有危险。他赶紧拿出对讲机呼叫指挥室，请求派警力前往人民路地道方向增援。他一边奔跑，一边和指挥室沟通，当他跑进人民路地道时，就看见昏黄的灯光下躺着一个人。

老肖嘴里念叨着，千万别出事，千万别出事。可是他越靠近越害怕，他害怕地上躺着的那个人是周佩启。终于，他看见了地上的警帽，心一下子沉了下去。

当他看见那张模糊的面孔时，用颤抖的手指按下对讲机，高声喊着："快叫救护车！快叫救护车！"增援警力赶到时，老肖正抱着周佩启呼唤着他的名字："佩启，千万别睡着，你给我醒醒！"他脱掉外套捂住周佩启的伤口，刚开始周佩启尚存微弱的意识，眼睛闭合又睁开了几次，始终无法开口说话。老肖抱着他，感觉他的体温正在下降，心跳也逐渐减弱，待救护车赶到时，周佩启人已经走了。

救护车来了又去，不多久驶来一辆殡仪馆的车。公安处、公安局的领导很快赶了过来，连同市局那边也派员增援，联合搜捕凶手。

那是千禧年发生的事，当时的监控探头远不如今天普及，但火车站主要的进出口还是布置了监控的。调取监控录像后，警方截取了一张凶手正面照，打印机热得发烫，一沓沓悬赏通告贴了出去。

一夜的设卡和搜捕都没有找到凶手。但从市监狱一位姓段的狱警那里，警方得到了一个重要线索。监狱的段警官认出了照片上的人。此人名叫万海波，家住 C 省，曾因犯故意伤害罪在市监狱服刑，去年因为身患重病被取保候审。

凶手的身份确定了，警方当即联系万海波老家的公安机关，那边调查下来，他出狱后只回家探望过一次，后来杳无音信，连他的老母亲也不知道他的去向。

市局和铁路公安都高度重视此案，成立专案组，那时的"神笔警探"章新已经是特邀刑侦专家，当仁不让地成了专案组的骨干。警方在 S 市开展了地毯式搜索，经过三天的摸排调查，确定嫌疑人已经离开了本市。

一位出租车司机看到悬赏通告，跑到火车站派出所提供了一个重要线索。案发当晚，他曾载过一个可疑男子，这人说有事急着出城，上车直接和司机说，不用打表让他开个价。司机把他送到城外的高速公路入口，赚了两百块。

"你仔细看看，是这个人吗？"侦查员把彩色照片递给司机，司机端详片刻，也无法肯定。他只说，当时天黑，乘客坐在后排，没仔细瞧，可凭直觉感觉这个人很可疑。

警方在司机的车上采集到了多枚指纹，经过比对，有两枚清晰的指纹印和凶手残留在刀把上的指纹相吻合。这证明，当晚坐车的男子就是凶手。高速公路上车流很多，无法确定他上了哪辆车。专案组做了海量的工作才梳理出他大致的逃窜轨迹，推断他没有回老家 C 省，而是藏身在 S 市的周边城市中。

就这样按图索骥，总算找到了万海波的落脚城市 M 市。距离案发已经过去了五天时间，谁也无法保证他没有离开 M 市。正当专案组扑向 M 市的时候，C 省警方发来一份协查通报：万海波涉嫌多起杀人抢劫案。这也合理解释了万海波为何在遇到盘查后落荒而逃，眼看逃不掉了，又掏出匕首拼个鱼死网破。

专案组有一个很大的疑问，万海波在 C 省犯了案，为何要横跨中国逃到 S 市？其中必有隐情。眼下，他人生地不熟，总归会露出马脚。除了相貌和身材，口音和饮食也都是警方重点关注的细节。

可谁能想到，让这家伙最后露出马脚的，竟然会是一张洗衣单呢？

市郊监狱的狱警段如海向专案组反映了一个非常重要的线索，万海波有洁癖，非常爱干净，即使身处监狱，他的衣服也是整个监区最干净的。他容不得衣服上有污渍。

专案组联合M市当地警方立刻对全市的洗衣店展开调查与布控，尤其是市郊的洗衣店被列为重点目标。

功夫不负有心人，经过两天辛苦工作，警方根据一家洗衣店老板娘提供的线索，锁定了一位男顾客。那位男顾客带来的黑色外套还没清洗，警方迅速提取了上面的指纹，比对结果显示，衣服上的指纹正是万海波的。于是警方守株待兔，一边等待他上门取衣，一边对方圆五千米范围内展开细致摸排。万海波没料到警方这么快就追踪过来了，当他大摇大摆出现在洗衣店时，老板娘怔了一下，还是笑脸相迎。随后她借口进屋取衣服，向警方发出了暗号，几名躲在暗处的便衣闻声出动，从不同方向扑了上去。这一次警方没有给万海波反抗的机会，四个训练有素的侦查员分工明确，两个控制他的双手，一个展开搜身，一个快速给他上了手铐。

审问过程中，他对杀人抢劫的罪行供认不讳，至于为何出现在S火车站，他解释说是为了干一件大事。在犯下那么多罪行之后，他预感自己早晚会被抓住，又想起自己身处监狱时的段管教，心里涌起一股仇恨，干脆一不做二不休，打算到S市刺杀段管教，谁知刚出火车站就碰上了警察的盘问，他本想拿个假身份证糊弄过去，没想到被识破了。

说到这儿，张师兄叹息着摇摇头："如果我没和周佩启换班，这事儿说不定就不会发生，也可能倒下的人就是我。我对不起他，也对不起师父。"

张师兄哽咽着对我说："去年清明节我去小周家探望伯母，一套五十平方米的老公房，狭小的客厅里有一张老式条几，周佩启身着警服的照片和他父亲的遗像就那么并排摆着。那场景你能想象吗？一个孤独的老太太每天面对的就是两张冰冷的照片，连个说话的人也没有。小周的房间至今还保持着他生前的模样，老太太说，每当她想儿子的时候，就会独自去他房间坐一会儿，她总感觉儿子没有死。虽然过去了这么多年，她还是接受不了。当她问我结婚了没、孩子多大了时，我真不知如何回答她。她见我不说话，就低头抹眼泪。"

周佩启的遗像两旁有一副挽联：人生自古谁无死，赢得青史烈士名。字体浑厚庄重，张师兄说，这是当年周佩启八十多岁的爷爷写的。

一位八十多岁的老人给正值青春年华的孙子写挽联，彼时彼刻，他的心境一定是常人无法体会的。在遗像正下方，摆着烈士牌匾，上面写有两排大字，第一排是"公安英烈"，第二排是"共和国不会忘记"。

那张匾额被擦拭得锃亮，上面的警徽熠熠生辉，衬托着周佩启那张身着制服、永远青春的面孔，让人肃然起敬。

张师兄口述的故事给我带来的冲击远比文字事迹生动真切。我想象着，每逢春节，万家灯火，这座小院里只有一个孤独的老太太对着两张遗像，桌上即使摆满年夜饭，她有心思吃吗？无数个普通的日日夜夜里，时间对周母来说意味着什么，我不忍心思考这个问题。

张师兄说，他离开时，周母对他说："你们不要给我带这带那的了，你们给我钱我都没有地方花。我老了，走不动了，就拜托你们有空的时候替我去看看他。"

每当此时，我便会想起上学那会儿看警匪片，总是一大堆警察抓一个坏人，那时听到同伴嘲笑警察胆小，颇有同感。等到自己当了警察，目睹战友的离去对亲人和朋友造成的伤害，便明白面对穷凶极恶的歹徒，最好是人数形成压倒性优势，以此减少流血和牺牲。电影里拍一个警察制伏一群歹徒，的确看得人热血上涌，但真的不现实。

入警培训时，教官再三向我们灌输"加一原则"，所谓"加一"，就是歹徒一个人，我们至少得两个。穷凶极恶的歹徒倘若持刀，我们不能幻想徒手制伏他，要"武器加一"，用枪来对付。除了警力和武器"加一"，我们对歹徒危险系数的认知也要"加一"，把情况考虑到最糟、最坏，如此才能确保自身安全。自身安全了，才能去保护群众免受伤害。凡事不绝对，有时单警遇到突发警情

73

时，为了群众安全，必须挺身而出。

外人看来，铁路警察在火车站广场巡逻，不就是来回踱步嘛。若真是那样简单，我倒乐得清闲。记得张师兄曾经和我说过，在广场上巡逻，犹如游走在山林中，前一秒万籁俱寂，下一秒可能就会有猛兽向你扑来。我们要当一个嗅觉敏锐的猎人，随时做好应对猛兽的准备。稍有不慎，便会被猛兽所伤，甚至丧命。每天南广场上成千上万的流动旅客当中，指不定就有坏人隐藏其中。破除潜在危机的方法是主动出击。我们在南广场看似闲庭信步，其实目光在不停地逡巡，像雷达似的扫描覆盖整个广场，寻找可疑之人。对讲机一响，我们就得以最快的速度奔向事发现场。

7

列车黄金失窃案

张师兄给我讲了老肖的许多故事，我和老肖虽然同在执勤三大队，但是除了点名会碰个头，其余时间几乎没有交集。他守北票房，我在南广场，中间隔着候车室，岗位分工不同，见面机会寥寥，偶尔在食堂碰上，也只是点头致意。但故事听多了，我对老肖越发好奇起来。

那天中午我从广场巡逻完回到 102，一推门瞧见老肖正端着茶杯谈笑风生。张师兄见我进来，说："师父等你呢！"

等我？

"师父今天是专门来讲故事的，满足你的好奇心。"见我忐忑不安，张师兄适时解释道。

原来，老肖从张师兄口中得知我平时喜欢写点儿东西，还在网上发表过小说，便把我奉为作家，说要多多给我提供素材。我知道自己几斤几两，面对"作家"的称呼总是不敢应。

但我确实把老肖本身看成了一个写作素材库，盘算着以他为原型写一部短篇小说。既然"素材"亲自来讲故事，我当然要抓住这个机会。

话题从老肖入警谈起，一直聊到当下。那个下午，张师兄一直在外巡逻，我和老肖畅聊他的人生，以及他所遇到的奇闻逸事。

老肖是从部队退伍后，才做警察的。起初在铁路局上班，后来铁路警察招编，铁路内部人员优先，就这样，老肖从了警。

二十世纪九十年代，老肖刚当乘警时专跑昆明车，S站始发，终点站昆明。乘警上班不叫上班，叫走班。顾名思义，上班期间都在走。可不嘛，车子一直在走，人跟着车子走。

有一次凌晨四点半，老肖在宿营车睡觉，列车长跑来说有人报警。老肖赶到报警的九号卧铺车厢，一个西装革履的男士说他丢了一块劳力士手表，问他在哪儿丢的，说是在厕所洗脸池。原来他在洗脸时摘下手表放在水台旁，临走时忘了拿，回到车厢睡了一会儿，抬手想看一眼时间，才发现手表没了。他赶紧跑到洗脸池，但水台旁空无一物。还有半小时他就要下车了，时间非常紧迫。

"火车是个封闭空间，但作案人员能随着到站上下流动，一旦案发，很难处理。碰到这种事，你说怎么办？"老肖把目光投向我，见我没有回答，他又继续讲述。

"我当时站在洗脸池前思考片刻，明白手表肯定被人顺手牵羊了。我观察了放手表的位置，又查看了洗脸池附近，发现一滴牙膏沾在洗脸池的边缘。报警者说他没刷过牙，洗手时也没看见牙膏残留物。

"好在列车在这期间并未停靠，我把目标重点锁定在九号、十号两节车厢，挨个儿卧铺去检查。当然不能全部开包检查，一来工作量太大，二来旅客会抱怨侵犯隐私。你猜我检查什么？我就专门检查毛巾和牙刷，在检查到十号车厢中间位置时，一名男子的湿毛巾和牙刷引起了我的注意，再检查他的车票，还有一刻钟到站。这下子，他的嫌疑度陡增。

"我让他把行李带到餐车，告诉他现在主动交出来还不晚，等搜出来性质可就不一样了。当时那男子迟疑片刻，最终还是打开行李包，从外套口袋里掏出了那只手表。"

我暗暗朝老肖竖起大拇指。

老肖重新点了一支烟，伸手把茶杯续满。看这架势，接下来的故事指定不短。果然，他咳嗽一声道："平时张师兄肯定没少跟你说我的事儿，今天既然你张师兄不在，要不要我们就说说他的一桩丰功伟绩？"

我笑了，当事人不在的时候，是故事最好听的时候。

那一年张小凡师兄刚从体育学院毕业，是公安局招录的第一批特长生之一。这一批总共招了几十个，其中有长跑的、踢足球的、打篮球的、打乒乓球的，每个都身怀绝技。谁都没想到，体育生出身的张小凡刚入职没多久，就立了一件大功。

"这个故事有点儿长，你慢慢听我说。"

老肖说，故事要从一趟夜火车说起。

那天周三，列车正式开检后，一位穿着讲究、头顶锃亮、戴高度近视眼镜的旅客拎着棕色皮箱，穿过检票口，来到十号车厢门口。那里站着几位工作人员，有穿着白色制服的列车员，有穿着橄榄绿警服的乘警。他拎起皮箱，便向他们走去。

"什么事？"

旅客小心翼翼地瞥了一眼自己的小皮箱，语气极轻地问道："请问你们列车上有没有贵重物品保管箱？"

列车长一边微笑，一边摆手："不好意思，没有。"

旅客失望地撇撇嘴，没有离开。

旁边两名列车员以及在场的乘警不约而同地将好奇的目光投向那个神秘的皮箱。

旅客站在原地，一副心事重重的模样。

乘警上前打量皮箱，随口道："你这箱子有密码，只要睡觉时注意点儿就行了。"

"不是，我这箱子里有贵重东西，要不是没赶上飞机，我也不会坐夜车。"

"什么东西？"另一位列车员憋不住了，开口问道。

"黄金首饰。"旅客脱口而出后，又慌忙补充道，"其实也没什么，打扰你们啦。"说罢，旅客拎着行李箱大步流星朝七号车厢走去。

那天晚上，旅客把密码箱放在身边睡了一宿。再次醒来时，已经是早上五点半。他睁开眼第一件事就是瞟了一眼密码箱，幸好，还在呢。

火车到站的时候，旅客拎起箱子就走，然而这时，他发现不对劲。密码箱好像轻了很多，他这才想起来打开检查一遍。眼前的场景令他目瞪口呆，其他东西都完好无损地躺在箱子内，除了那包黄金饰品。

旅客第一时间找到站台上的列车员，称自己丢失了贵重物品。列车员用对讲机呼叫列车长，没一会儿，乘警也赶到了七号车厢门口。

几个人盯着那个熟悉的密码箱，表情各异。

"丢了什么东西？"乘警走了过去。

"一些黄金饰品。"

乘警询问他东西价值几何、有无发票，最后一次看到这些物品是什么时间。旅客答，这些黄金总价值在十万元左右，购买单据就和黄金饰品放在一起，现在都不翼而飞了。

"我最后一次看到它是在刚上车时，特意开箱检查了一遍，然后上了锁，打乱了密码。"

"上车后，你有再次打开过密码箱吗？"乘警问。

旅客坚决地摇摇头："没有，绝对没有。"

密码箱还在，黄金却没了。他百思不得其解，乘警也是。

火车到站已经过去了十分钟，旅客几乎走光了。这种情况下，根本无法展开调查。乘警立刻通过电话向上级领导汇报。这时旅客的视线落到了列车长身上，他双眼瞪得像鸡蛋一样，列车长不禁打了一个哆嗦，避开他的视线。

这一躲更加让旅客产生联想，他呆立片刻，伸出手指指向列车长，嘴里喃喃自语道："肯定是你们列车员中的一个人偷的！昨天上车前我说漏了嘴，除了你们，没人知道我箱子里有黄金！"

面对突如其来的指控，列车长脸色大变道："这话可不能乱说！小偷的眼可是毒得很……夜里你是不是睡着了？即使睡觉也应该抱着箱子啊。"

"那么重的箱子，怎么抱？"

眼看两个人陷入争吵，乘警立即将他们分开，分别为他们制作了询问笔录，签字按印后，准备将案子移交给刑警支队。

刑警支队赶到现场初步勘验，从箱子上提取到几枚指纹。一番调查后，旅客一口咬定工作人员有嫌疑。

指纹经过鉴定比对，都是密码箱主人的。

首先被询问的是列车长，接着是列车员，最后是乘警。

据列车长说，他在熄灯之后，将整个列车巡视一圈，并未发现行为举止有异常的人；晚上十二点半左右，他回到餐车，吃了夜宵，便去休息了。他所说的证词得到了两位列车员的佐证。

虽然如此，他的嫌疑仍然不能完全排除。列车长能证明他在一点钟之前回到铺位休息，可一点钟以后，他完全可以偷偷摸摸溜去作案。

第二个接受询问的，正是询问旅客箱内装了什么的那位列车员。据他说，当初这么随口一问，纯属好奇心使然。他怕民警不信，还举手对天发誓。这位列车员详细讲述了上车后的活动时间及轨迹。按照他的叙述，上车以后，他除了巡视自己分管的车厢外，没有踏进卧铺车厢半步。当然，除了睡觉。

第三位被询问的列车员是站在一旁抽烟的那位。他和另外两位同伴皆可互相证明，上了车他们一直在餐车打牌，直到凌晨两点才去休息。而且这三个人是一起进入的卧铺车厢，一觉睡到早上。直到列车长说发生了案子，他才迷迷糊糊醒了过来。

最后接受询问的是乘警。他说，在最有可能案发的时间段内，也就是凌晨一点钟到四点钟之间，他恰好在卧铺车厢休息，铺位毗邻的列车长可以做证。

案件陷入僵局。所有的可疑人员都将自己的嫌疑撇得一干二净。对于此案，上级领导相当重视，还做出重要批示：一定要尽快将此案调查清楚，最好在一周之内破案！

等到了期限内的最后一天，有两条重要线索浮出水面，而且两条线索皆指向同一个人。

一条来自宿营车上的随车厨师。据他回忆，在案发当晚凌晨两点左右，他去了趟厕所，回来刚躺下，就看到一个黑影从走廊穿过，走向八号车厢。本来他以为这人是去上厕所，可后来一想，那人的铺位本来就在厕所附近，为何要舍近求远呢？

第二条线索来自铁路工务段①。侦查员无意中听说，有一次工务段密码箱失灵，怎么也打不开。一位乘警恰好看到，说让他来试试。五分钟不到，密码箱应声开启。

他们提到的正是这趟车的乘警——即将进行工作调动的王小宁。侦查员专门走访了王小宁转公安之前所在的工务段，向他的同事了解情况，得知王小宁在开锁方面的特长无人不晓。

"知道为什么找你谈话吗？"纪委书记李大星一脸严肃，坐在嫌疑人王小宁的对面。

王小宁沉默片刻，反问道："莫非因为列车上的案子？"

"看来你这位同志是个明白人。既然你都知道了，那我就不拐弯抹角了，现在给你一个机会，先自己说说吧。"纪委书记李大星是受组织委托前来谈话的。他清楚，眼前这个年轻人一只脚已经迈出了本单位，B城发来的商调函就摆在乘警支队领导的办

———————————
① 铁路系统的基层单位，主要负责铁路线路及桥隧设备的保养与维修工作。

公桌上，等待批示。

一般来说，对这种找好了下家的情况，本单位都会做个顺水推舟的人情。可眼下，王小宁涉及列车盗窃，而且嫌疑巨大，公安处会议决定先让纪委书记找他谈话，如涉案，就移交相关部门处理。

虽然处长没有挑明，但李大星明显感到自己肩上的担子很重。王小宁若真是盗窃犯，不仅他本人要接受组织和法律的严惩，公安处领导也要负领导责任。李大星内心是矛盾的，他既不希望下属出事，又希望尽快还失主一个公道。

经过两次深入交谈，王小宁侃侃而谈，说的尽是他对本案的一些看法，将自己撇得一干二净，言语之间并未流露出和这个案子有半点儿关系。

提到他的开锁特长，他也用一句话搪塞了过去："那次纯属瞎蒙的，没想到好心办了坏事，唉……"王小宁唉声叹气。

经过两轮谈话折腾，大家都身心俱疲。

"再谈最后一次，假如再没进展，就按程序办吧。"所谓按程序办，说白了，就是假如最终没有证据，也只能不了了之。

第三次谈话更换了地点和人员，这一次王小宁作为嫌疑人坐在审讯室冰冷的铁凳子上，一副手铐放在他面前，随时可能把他铐上。两名审讯人员端着茶杯走了进来，问了一圈，没有什么新进展。

转眼过去了二十个小时，两名审讯员吃完午饭回到审讯室，已经没了发问的心情。然而，王小宁的心变得不安起来。他不知道审讯员葫芦里卖的什么药，为什么他们只顾着喝茶，重要的案情一句也不问呢？

难道刑警支队掌握了什么证据？

还剩三个小时，李大星步入审讯室，支开其他人。

"这两天，想得怎么样了？我跟你说，我觉得有些事还是你主动说比较好，这样才不至于太被动，这也是处长让我先和你进行谈话的缘由，你要相信组织。这是最后一次机会了。"

李大星语重心长的话，如炮弹一般击中了王小宁的心灵。

沉默，他长时间地抱头沉默。

李大星看了一眼时间，并未坐下，他边摇头边叹息着走出审讯室。

王小宁感到形势不妙，再拖延下去，他恐怕连自首的机会也失去了。此时，审讯室的两位老民警走了出去，两个人在走廊抽烟聊天，派了个新警进去看人。

这新警是个愣头青，他并不知道嫌疑人是谁，更不知道嫌疑人是警察，单纯将王小宁当成了一个嘴巴很严的硬骨头。

漫长的故事讲到这里，老肖停顿下来，点了一支烟，笑着说："那个愣头青就是张小凡。"

张小凡进入审讯室的时候穿着便衣，王小宁抬头瞟了一眼，发现不曾见过这人，心底陡然一惊，以为张小凡是上面派来的人。此刻，他的心里开始打鼓。他回头瞥了一眼墙上的挂钟，盘算着再熬一小时，说不定就能出去了。无奈半路杀出个程咬金，这年轻小伙子究竟是哪个部门的？王小宁的思绪如一团乱麻似的越拧越紧，越拧越乱。

张小凡踏进审讯室，看了看王小宁，心说，这小子够狠，审了近二十四个小时，愣是拒不交代。

倒计时进行至最后半个钟头时，王小宁憋不住问了句："什么时候放我出去？"这话带着一种试探。

"愣头青"张小凡的回答着实给他泼了一盆冷水。

"就你，还想着出去呢？我实话告诉你，你出不去了。本想着让你自己说出来算自首呢，没想到你嘴巴这么紧。现在想说也晚了。算了，不说这些了，你老老实实坐着吧。"

这番话在王小宁的内心激起了汹涌的波涛。张小凡泰然端坐着，他越是淡定，王小宁越是不安。他暗想，调查组派这么年轻的人过来，肯定是掌握了重要证据。这意味着审讯不再是唯一的突破口。坦白从宽、抗拒从严的道理，他何尝不懂呢？他回忆起李大星三次谈话时的情景，觉得组织上为了挽救自己的确尽力了。他要是还死扛着，最后的结果说不定更坏。

这时，审讯室外面传来一阵欢笑声，其中好像还夹杂着李大星的声音。外面的笑声让他更加坚信，调查组搜集到了足够的证据。他怀疑调查组使用了什么先进的技术，比对出了什么结果。

那笑声仿佛在对他说：你没救了！

墙上的时钟"嘀嘀嗒嗒"地走，距离二十四小时放人的截止时间只剩下十分钟。

李大星走了进来，和前三次找他谈话时的严肃表情不同，这一次，李大星脸上如释重负，甚至还挂着一丝微笑。这一异常被王小宁敏锐地捕捉到，令他更加确信，自己完蛋了。

李大星本来是准备告诉王小宁，时间到了，没什么事儿，你待会儿就可以出去了。结果李大星还没来得及开口，王小宁内心抵御的城墙轰然倒塌了。

他突然情绪崩溃，夹杂着哭腔说："李书记，我自首！我自首！"

李大星脸上的笑容瞬间凝固，他怀疑自己听错了，于是带着疑问的语气问王小宁："你刚才说什么？"

"我自首，我主动交代。"

王小宁顺理成章地被延长讯问时间，两名看守所的预审专家出马，耗时三个小时，终于厘清了案件的所有细节。另一组侦查员按照王小宁提供的线索，在一家洗浴中心的柜子里搜出了那包完好无损的黄金首饰。

王小宁监守自盗的消息不胫而走。然而，他背后的真正作案动机听起来更是令人唏嘘。

一次偶然的机会，王小宁结识了女友燕翠云，她是 B 城人，高干子弟。对于这段姻缘，小云的父亲刚开始明确持反对意见，一来觉得门不当户不对；二来，因为他们是异地恋，父亲决不允许独生女儿离开身边。

反对归反对，但小云是铁了心要跟王小宁结婚。为此，她软磨硬泡地求父亲帮王小宁调动工作。与此同时，王小宁为了博得未来岳丈的好感，每次登门时都带着珍贵礼物。得知岳父喜欢灵璧奇石，他不惜花费近两年的薪水购得奇石一块，作为生日礼物奉上。

他的努力渐渐得到了岳父的首肯，两个人的婚事终于被提上日程。王小宁借机提出工作调动一事，经小云之口传到岳父的耳朵里。为了女儿的幸福，岳父应下此事。

燕翠云急急催促男友北上。可王小宁一点儿也不着急，工作调动应该能很快申请好，他却藏着掖着，一句话也没透出去。这趟车他本打算请假收拾行囊，可思前想后，还是决定跑最后一趟，工作上算是有始有终。没想到这最后一趟车，却让他起了最要不得的贪念。

其实，他上车之前，那份商调函已经摆在了领导的桌子上。领导之所以没有第一时间通知他，是对他偷偷摸摸搞工作调动的事情有点儿意见。领导心里想，这小子攀上高枝竟然连领导也不放眼里了，至少得提前打个招呼吧，这可是基本的礼节。

领导端着架子，无非想让王小宁得知风声后主动找上门，说些客气话，让他心里舒服些。阴错阳差的事，总会酿成不好的后果。王小宁对女友的催促置若罔闻，在贪念驱使下，下了贼手。

　　列车返程时，他从小云的电话得知，商调函已经发到单位，快的话星期一就能来北京报到了。

　　电话那头，小云难掩心中喜悦，她期待已久的团圆就在眼前，以后两个人在同一座城市工作，再也不用忍受异地思念之苦。婚期在即，她和王小宁特意选择了一个吉日提前领了结婚证。本想着等他工作调动完成便举办婚礼，这一等，居然遥遥无期。

　　王小宁身陷囹圄，小云探视时哭得稀里哗啦，她红肿着眼睛哽咽道："我爸逼着我和你离婚。他说，只要你和我离婚，他就会想办法保你。"

　　"保我什么？我人已经进来了，还怕什么呢。"王小宁冷言冷语道。他没想到老丈人翻脸如此快，连妻子也急于把结婚证换成离婚证。

　　王小宁的火气之所以这么大，是因为他心里委屈。他几乎把所有收入都投到了孝敬岳丈上。如果不是老人家当初执意反对这门亲事，嫌弃他家世不好，他也不会为了筹措购买奇石的资金花光收入。

　　为了丈夫，小云不止一次央求父亲从中周旋，都被父亲严词拒绝："你让我替一个罪犯开脱，这不是滥用职权吗？"

王小宁并没有在离婚协议书上签字。虽然感情已经无法挽回，但他不甘心就这么在离婚协议书上签字，他为这段爱情所付出的太多了。

离开看守所，小云的心也沉重无比，她看到剃光头穿囚服的王小宁瘦得不成样子，内心感慨万千。她心疼他，也埋怨他。为什么要偷呢？关于这个问题她已经当面问过了。他给出的答案很简单。

"我家里没这么多钱，以后来B市，什么事都要花钱。这笔钱我以后想用来补贴家用，我太爱你了，我不想让你爸看不起我。"

小云后悔自己太愚钝，没有早点儿发现丈夫的异常。如果能早点儿制止他，事态不会发展到这一步。有句话小云没有说出口，那就是她等不到他出狱的那天。十年、二十年，这些对她而言犹如天文数字。她本以为，王小宁会为了她的幸福考虑，在离婚协议书上签字。可是王小宁不仅不签字，还说死也要把这段婚姻带进坟墓。

离婚一事就这么耗着。本以为赶上1996年严打会被宣判死刑的王小宁在看守所待了整整两年才接受审判。1997年对王小宁来说是个分水岭，那一年新刑法颁布实施。1997年年底，他接受审判，被判有期徒刑二十年。

入狱当天，小云来看他。这一次，王小宁在离婚协议书上签了字。小云离开时，他对着她的背影说了句："祝你幸福！"

那祝福发自肺腑，算是为两个人的感情画上了句号。

小云心头一颤，驻足片刻，她克制住情感，没有回头。走出监狱，她才望了一眼高墙电网，感觉这地方就像一座巨大的坟墓，不仅埋葬了她的爱情，也埋葬了她的爱人。

因为狱中表现良好，王小宁的刑期一减再减，最终服刑十二年就出来了。出狱后的王小宁三十九岁，他经营了一家海鲜饭店，干得很不错，只用了两年时间就开了分店。听老肖说，王小宁做生意的本钱还是燕翠云提供的。

老肖又点了一支烟，感叹说，有一天王小宁还开着跑车，故意停在张小凡面前，对这个当初让他认罪的"愣头青"说："这么多年了，你咋还在广场巡逻呢？我以为都当局长了呢。"

你说可气不可气？

8

烤鸭大盗

火车站南广场东西两侧各有一栋类似瞭望塔的建筑,俗称"炮楼"。这是历史遗留下来的建筑物,据说在春运大卖场风风火火进行之时,站在炮楼里就可以俯瞰人群,及时发现混杂其中的"黄牛",以便将其揪出。随着买票实名制普及,"黄牛"潮退去,两个炮楼便成了观察广场的最佳场所。巡逻累了,坐到炮楼上休息片刻,里面有一张凳子及广播设备,老式话筒上蒙着一层褪色的红布,一打开就"刺啦刺啦"响个没完。

东侧炮楼背靠一棵大梧桐树,夏天热了,爬到上面把玻璃窗全打开,吹来的风比电风扇还凉快。

八月的一天正午,我坐在炮楼里乘凉,俯瞰广场,能清晰瞧见大理石地面上腾起的滚滚热浪。这时,我看见一个皮肤黝黑、身材单薄的中年男子骑一辆自行车，从广场南面缓缓驶来。起初，我心里还嘲笑这家伙居然骑自行车赶火车。他一定不知道，自行车上不了火车。他踩着脚踏板，吃力得很，忽然，不知是热的还是累的，一脚踏空，连人带车摔倒在地。

他躺在地上，捂着脚踝哎哟直叫唤。见状，我立刻走下炮楼，来到男子身边。不料，他一看到我，脸色一变，迅速爬了起来。

我的心里也不自觉地警惕起来。

"你没事吧？"我关切地询问道，视线随之落在一只油亮亮的烤鸭上。

他一身酒气，慌里慌张地回答："我没事，只是摔了一跤。"

为了安全起见，我一边让他出示身份证，一边打量着散落在地的物品：半桶食用油、一双名牌鞋、两件衣服、一只烤鸭，还有几串腊肠。看这架势，像在搬家。

事实证明，他果然是搬家，只不过搬的是别人的家。我在他的斜挎包内搜到了一部手机，他说不清来历，也不知道开机密码。

再一核查身份，这家伙居然有盗窃前科。我把他带到派出所，经过审问，他承认自行车及车上所载物品全是他盗窃所得。在讲述偷盗过程时，这家伙绘声绘色，仿佛把作案过程当成什么光荣事迹来宣讲。

他朝自己身上的衣服努努嘴："喏，这个也是我偷来的。我全身上下，没有一件衣服是用钱买的。干这行的，讲究自给自足。"

我快被他气死了，说："好一个自给自足！居然连人家的烤鸭和腊肠也不放过，连油和米都偷了，你怎么不顺带把锅一起端了呢？"

这家伙听不出好赖话似的，格外来劲，激动地说："不是的，我本来是想把锅带上的，但那家店的锅太沉，不好装。还有这腊肠，其实味道一般，辣味不够，盐放多了。"

"你咋知道的，难不成你吃过了？"

他笃定地点点头，道："我在他家蒸了一锅米，把腊肠放在米上蒸。后来我见厨房里有半瓶黄酒，就把它也喝了。"

我问他，你不怕主人突然回家吗？他笑了笑，一脸不屑。我又问了一遍，他耸耸肩，仿佛教育我一样回答："我们干这行的，踩点还是会的，知道这家人去上班了，一时半会儿回不来。不瞒你说，我吃过饭后还在他家床上眯了一会儿呢。"

这么嚣张的小偷，我还是头一次见。

"唉！我这次栽就栽在那只烤鸭上。要不是那只烤鸭流油滴到脚踏板上，我也不会一脚踩滑，栽倒在地。不栽倒，你就不会来查我，我也就逃过一劫。说到底，还是我太贪心了。不过，这只烤鸭确实香。对了警察同志，你能不能让我把烤鸭吃了再去拘留所呀？"

"不能！"烤鸭要是让他吃了，岂不等同于"销赃"？它可是重要证据！

这家伙对于所犯之事倒是没一丝隐瞒，甚至主动交代出几桩警方没有掌握的盗窃记录。他主动交代不是为了减刑，纯属向警方炫技。他炫耀自己如何成功打开一扇高级防盗门，在那户人家吃喝拉撒住了三天，把人家冰箱里的东西吃了个精光，最后还不忘记把垃圾打包带走扔掉，不留下一片云彩。

　　当他听说面临再次入狱时，也是一副释然的表情。他说，进去也好，一日三餐有保障，吃睡也规律，不用担惊受怕。

　　"就是有一点，里面的饭菜没什么油水，"他大概又想到那只到了嘴边没吃的烤鸭，不觉吞了几下口水，摇头叹息道，"可惜了，那只烤鸭放到明天就要坏了。"

　　最后，他不忘善意提醒：天太热，烤鸭别忘记放进冰箱。

9

为什么要查你的身份证

    刚写完烤鸭大盗的事件报告，回到广场上，还没喘口气，指挥室就紧急给我推送了一个实名制网上逃犯。我看了一眼时间，嫌疑人所在的列车还有五分钟到达。这可得打起十二分精神！于是，我深吸一口气，拿着资料直奔二号站台。

    我和张小凡师兄搭档，分堵车厢两侧的门。列车刚停下，我就逆流而上，钻进车厢。对象是个中年男子，我放眼望去，八号车厢内的旅客正你推我搡地往外挤。我盯着一张张表情各异的面孔，再拿出那张打印的黑白户籍照片，发现有点儿对不上号。

    车厢内一片混乱，有人扛着行李迎面走来，有人背对着我脚步匆匆，我根本来不及逐一排查，眼瞅着这拨旅客即将全部下车，我急中生智，冲着混乱的人群高呼一声："刘传智！"

一个背影突然止步。嫌疑人回头了！

我穿越拥挤的人群，大步流星地追了上去，在他一只脚踏上站台时我揪住了他的领子。

"你是刘传智吧？"

他呆呆地看着我，问："你咋知道的？"

我没回答，而是让他出示身份证，核实下来果然是他。张小凡见我拎着一个人，跑过来一瞧，拍着我的肩膀说："你小子行啊，果然有一套。"

在热闹的人群中，如果背后有人喊你的名字，想必你也会回头看一眼吧。我只是利用了生活常识而已。

如果说职业生涯有高光时刻，这一天应该算得上。我把网上逃犯送到审理室，又写了份抓获经过，这时已经到了黄昏。我去食堂吃了晚饭，继续回到火车站广场巡逻。

两个青年向我走来，其中一个问我去哪里买站台票，我告诉他，早就不卖了，现在送客用身份证登记就行。说到身份证，我这才想起，今天两百张身份证的随机查验还没刷够数，于是就让他们把身份证拿出来。一人把身份证和火车票递给我看，另一人则在口袋里掏了半天，说证件在车上。

"没事，你把号码报给我就行。"

他迟疑片刻，仿佛在回忆。这一反常现象引起了我的注意，哪有连自己的身份证号码也不记得的人，就算有，顶多是记不全罢了。

我拿着老款警用PDA，催他报号码。那会儿PDA还是单机版，每隔几天就要插在电脑上更新数据。

他终于报出一串数字，我按下搜索键，查无此人。很明显，这个号码是他虚报出来的。

这小子八成有问题。我提高警惕，问他车停在哪里，身份证是否真在车里。他肯定地点点头。我用对讲机把张小凡师兄喊来帮忙，两个人一起陪着他去地下车库取身份证。

到了车库，张小凡让他靠墙站着，我接过车钥匙去开门，在汽车的收纳箱里找到一个钱包，从夹层内抽出一张名叫孙强的身份证。我对了对本人，朝张小凡点点头，把号码输入PDA。显眼的红色指示在屏幕上亮了起来。自上班起，我基本上每天都要刷两百张身份证，大部分都是绿色，偶有黄色，也属于低概率事件。

"怎么样，有情况吗？"张小凡紧张地问道。

我没来得及点开详情页，回了句："红色。"

"红色"二字犹如一道闪电击中了张小凡，他打了个激灵，二话不说，从装备带里取出手铐，说："过来帮忙。"

我把PDA搁在车头上，立刻朝孙强下命令："别动，把手举过头顶！"

这时，我才看清孙强那张脸，那张脸惨白得瘆人，着实吓了我一跳。我和张小凡把孙强从地下车库架出来，他不是不想自己走，而是腿不太听使唤。我们把人带往派出所，他的同伴满腹狐疑，紧随其后。临进派出所时，张小凡对他的同伴说："你该坐车去坐车，他的事儿公安机关会处理的。"

"他到底犯了什么事？"

"对不起，案件正在调查中，我们不方便透露更多信息。一切都会按法律程序走，该通知家属的时候会通知的。"张小凡的话把他拦在门外。

一路上被吓得呆呆的孙强这时候才稍稍恢复过来，回头对同伴说："你给我爸打个电话，就说我被警察抓了。还有，这事别跟梅梅说。"

孙强，十九岁，被追逃是因为他涉嫌一起故意伤害案。具体案件的处理一般由签署发布网上追逃的公安机关负责。我们只负责抓人，然后移交。

整个案子，颇为复杂。

事情发生在半年前，正月底的一天，孙强骑着摩托车去镇上同学家，刚把车停好，就听到屋内传来一阵"叮咚"的响声。他想推门进去，发现门被反锁了。

他敲门询问，这时候屋里重归安静，没了异响。

"你回去吧，今天我有点儿不舒服。"同学楚亮冒出一句话来。

孙强感觉不对劲，不舒服至少见一面吧，关着门说话算怎么一回事。他没有立即离开，而是扒着门缝朝屋里望，里面没开灯，黑黢黢的。

他把摩托车挪了个位置，停靠在院墙边，踩在座位上朝院里张望。眼前的场景令他一惊：院子里一片狼藉，地面上还有几滴鲜红的血迹。一种不祥的预感浮上心头：楚亮出事了。

正当他从车座上下来时，"哗啦"一声，铁门开了。

一个手持钢管的刀疤脸男子疾步走来。孙强一跃跳下摩托车，刀疤男抡起钢管，没打到人，"咚"的一声，钢管砸在摩托车的仪表盘上，玻璃瞬间四溅。

刀疤男是上门报复的仇家，他把孙强当成了楚亮找来的救兵，于是二话不说直接开战。孙强踉跄着跑了几步，突然瞧见墙边靠着一把铁锹，他顺手抡起来，面对咫尺之遥的刀疤男，毫不犹豫地做出反击。

一寸长一寸强。钢管对铁锹，刀疤男抵挡一阵后，招架不住败下阵来。这时，屋里又有同伙冲了出来，两个人对孙强形成合围之势。

楚亮则被一个光头大汉揪着头发拎了出来。那大汉瞧见对峙的场面，使劲薅楚亮的头发，疼得他叫个不停。瞧着好兄弟被人如此折磨，孙强心里自然不是滋味，他后悔没有在发现异常后第一时间报警，现在想脱身为时已晚。

"你把楚亮放开！"孙强壮胆吼了一声。对方虽然人多，可武器不称手，两个人也只是做做样子，围而不攻。

"让他走吧，他只是我同学。"楚亮恳求光头，光头有些犹豫。他此次来，是为找楚大雷算账，不料扑了个空，没找到楚大雷，家里只有他不知情的儿子楚亮。光头为了发泄心中怨气，大手一挥，开始打砸。

光头朝刀疤男使了个眼色，他立即捂住楚亮的嘴，钢管的尖锐部分抵在喉咙处，楚亮再不敢发出一丁点儿声音，生怕喉咙被戳个洞。

局面陷入僵持。

"既然小鬼说这件事和你无关，把铁锹扔掉，赶紧滚蛋吧。"

孙强岂肯扔掉铁锹，那是他的护身符。光头让他走，他不走，反而提出一个条件，要他们把楚亮给放了。

这句话把光头激怒了："我说你小子别给脸不要脸，你算哪根葱，敢命令我放人？"

"你……不放人，我就不走。"孙强扬扬手中的铁锹，摆好架势。

光头让一个小年轻给将军了，这还是第一次碰到。且不说手下如何看他，这事儿如果传出去，他在道上的威名将会大打折扣。他绝对不允许这种情况出现。于是光头丢下手上的楚亮，一头冲了上来。瞧见老大亲自冲锋陷阵，手下也不再避战，他们主动出击，左右夹击。面对三股势力，孙强把手里的铁锹挥舞起来，这一通挥舞起到了效果，顺利把敌人击退。

楚亮见好友遭袭，岂能坐视不管，他忍着疼痛，就近捡起光头丢弃的钢管，从背后发起攻击。孙强见状，大吼一声，故意吸引敌方注意力。楚亮用力挥动钢管，劈向光头。

"老大，小心！"刀疤男察觉到危险，高声提醒。光头下意识一躲，钢管沉沉地砸在左肩上。他疼得"哎哟"一声，身体一歪，倒了下去。

孙强还没反应过来，刀疤男立刻掉转方向朝楚亮发动了一场疾风骤雨般的反击。楚亮招架不住，钢管被打落在地，面部鲜血淋漓。

看着地上不能动弹的兄弟，孙强决定不再坐以待毙，他趁对方喘息未定，扬起铁锹猛拍过去。

刀疤男刚把所有力气用在了楚亮身上，这会儿还在蓄积能量。当铁锹拍过来的时候，他下意识地伸出钢管格挡，无奈体力消耗太大，动作变了形，钢管没挡到，铁锹已经拍到了他的脑门上。他顿觉眼冒金星，摇摇晃晃倒下了。

另一个同伙见状，吓得节节后退，他怕下一个倒下的是自己。他一边后退，一边喊："杀人了！"

刀疤男倒地后，没有一丝反应。孙强真的以为自己杀了人，吓得怔在原地，铁锹随着他的手臂颤抖起来。

光头挪到刀疤男身旁，企图唤醒他。然而刀疤男像睡着似的，一动不动。

光头虽然号称闯江湖的，头破血流是家常便饭，可终究没闹出过人命。如今敌我双方各有一人不知死活，情形已然失控。

不远处，邻居隔着窗户看到这场残忍的械斗，悄悄报了警。听闻警笛声呼啸而来，光头带着同伙一声不响地赶紧跑了。

孙强这才从恍惚中回过神来，他立即丢掉铁锹，跨上摩托车，拧动油门扬长而去。

警车抵达后不久，一辆救护车驶来。这时，楚亮恢复了意识，他被抬上担架时睁开眼，发现地上还躺着一个人，只听医生说了句："这个伤比较重，先送这个。"

于是楚亮被从担架上抬了下来，刀疤男伤势危重，得优先抢救。闻讯赶来的楚大雷瞧见儿子满脸是血，反复念叨着："是谁干的？"

当楚亮对父亲说出三人的体貌特征时，楚大雷叹了口气说："没想到这小子竟然找上门来了。"这话被警察听了去，自然少不了带他回派出所问话。

刀疤男经过抢救，暂时脱离了生命危险，但一直处于昏迷状态。医生说，如果醒不过来就成植物人了。楚亮住院一周，伤无大碍。经楚大雷提供的线索，警方很快把光头一伙人抓捕归案。两个人交代，打伤刀疤男的人逃跑了。

楚亮起初不肯扯出孙强，怕连累他。但光头落网，孙强躲不掉了。当天孙强从现场离开，家都没敢回，把摩托车停在二叔家，匆匆奔向汽车站，来了 S 市投奔表哥，一直躲了大半年，一个月前他得知刀疤男醒了，以为这件事过去了。没想到，他已经成了一名逃犯。

羁押室内，孙强顶着大热天瑟瑟发抖。我安慰他别太紧张，回去找个律师。考虑到孙强是被迫卷入斗殴中，且有正当自卫的情节，加上对方本来就是主动上门寻衅滋事，法官量刑也会考虑这些的。

十九岁，正青春。如果因为这件事被判入狱，他的一生不说彻底毁了，至少也会蒙上一层灰色。

三年后的一天，我正在广场巡逻，看到一个发型时尚的小伙子立在我的巡逻车边。

"尚警官，你好啊！"他见我没有应声，才摘掉墨镜。我一下子就认出来了，是孙强。这几年我时不时就会想起这件事，所以一直记得他的样子。孙强说，后来他们达成了和解，他赔了对方一笔医药费，法院判了他两年管制。后来他给公安局打报告外出打工，在表哥的理发店从学徒干起，现在已经有了总监的头衔。

他热情地递上一张金灿灿的名片，上面居然还有个英文名，"Tony"，他拍着胸脯说："以后理发找我，免费！"

我看了看孙强略显浮夸近似杀马特的造型，笑了笑说："不用啦，平时上班都戴着大檐儿帽，也没人能看见我换了啥发型！"

10

铁路警察怎么过春节

对铁路公安人来说，节假日是别人的，忙碌是自己的。

每逢节假日黄金周，火车站便会迎来客流高峰，客流一上去，事情也会随之增多。这时，警力跟着客流走，加班在所难免。而对铁路公安来说，最为繁忙的时间点，莫过于春运。一场春运通常持续四十天，节前十五天，节后二十五天。对 S 市来说，外来人口众多，节前主要是出城的返乡客流，节后主要是返城客流。我刚到 S 站的那个春运，南广场上的旅客蛇形队伍从进站口一直排到了广场外的车道上。我举着扩音喇叭，不断提醒保持队形，只要队形不乱，人们就会守着既有秩序。但是，总有人临时插队，谎称快赶不上车了，我让他出示车票，他又会编造新的借口，声称身体不舒服。这时，我指着队伍中扛着行李包的老人，还有安安静静排队的儿童，对他说："你看看他们，如果我让你插队的话，不仅对不起他们，也对不起我头顶的警徽，所以请你回到队尾继续排队吧。"

有时，当我在站台上，目睹满载旅客的列车离开时，就会想象着，他们的父母妻儿都在等着他们回去团聚呢。我也会情不自禁地想到自己的父母，自从干了铁路警察，我都几个春节没回去了。我那时就想，等我哪天买了房子安了家，就把他们接过来过春节。

有些亏欠可以弥补，有些亏欠，却只能成为永久的遗憾。

接到母亲的电话时，我正在参加由火车站地区管委会牵头组织的打击黑车专项行动。那时已近凌晨，这个时间点我最害怕接到家里的电话。该来的躲不过，母亲告知我，姥姥住院了。

姥姥前阵子不是还好好的，怎么突然就病倒了呢。

我脑海中回想起去年十一月探望她的场景。姥姥坐在院子门口的一张矮凳上，背靠院墙，似睡非睡，在晒太阳。她身旁倚着一根拐杖。我走近叫了声姥姥，她缓缓睁开眼，抬头瞟了瞟我，说了句"你来了"。我进屋搬来两个凳子，递给母亲一个。姥姥问我啥时候结婚，我说快了。其实我心里也没底。结婚的前提得有一套房子，大城市的房价令人沮丧。

外婆虽年近八十，依然保持着独居的状态。她自己做饭洗衣，从不麻烦别人。大舅有三个儿子，大军、二军、小军，孙子、孙女加一起足足六个，平时大舅和舅妈在镇上带娃上学，外婆留守老宅，偌大的院子，只她一人。这在农村并非个例，而是普遍现象。子女们不能天天守着老人，他们要外出打工挣钱，土地上的收成至多能解决温饱，但问题是这年头谁会只满足于吃饱穿暖呢？

农村的娃往镇上涌，镇上的娃去县城，县城孩子到市里。总之一句话，人往高处走。年纪大了，走不动了，便只能待在原地和生活干耗，直至生命之火熄灭。春节后，我妈把姥姥接到我家小住没几天，她便嚷嚷着要回家。回家第三天，我妈给姥姥打电话，一直没人接，她感觉不妙，立即前去探望。她到达后，发现院门反插着，敲了半天门都没人应声。

正当准备卸门而入时，姥姥颤颤巍巍地拄拐从里屋走了出来。她脸色极差，开门以后，还问我妈："你怎么来了？"

"我打你电话，一直没人接，急死我了。"我妈说着，去屋里找手机。

手机就放在枕边，姥姥说她睡着了没听见。我妈一摸姥姥的额头，滚烫。我妈赶紧带姥姥到镇上医院检查。医生看着片子，摇头，撇嘴，叹气；再去县人民医院，一套检查做下来，和镇上的结论如出一辙。

绝大多数身患重症的病人家属都会做着同样的无用功，企图从不同医院的检查中得到一丝惊喜。那晚我妈就是在县医院的走廊给我打的电话，当时她只说姥姥住院，身体不太好，建议等我工作不忙的时候抽空回去一趟。

我心里盘算，等为期三天的打击黑车行动结束就请假。没想到第三天夜里，我刚睡下，电话响了。一看来电显示，心里"咯噔"一下，我下床蹑步到卫生间，把门一关。这时，听筒内传来妈妈的阵阵啜泣声。

"你姥不行了，她吊着一口气在等你呢，你快和她说句话，让她别等了。你叫她一声！"妈妈呜呜咽咽，嗓子嘶哑。

我对着话筒喊道："姥姥！姥姥！"

忽然，电话那头的啜泣声变成号啕大哭。那声音是个暗号，姥姥走了。

"你姥走了。"

挂断电话，我坐在马桶上抱头呜咽。次日黄昏，我赶到大舅家，姥姥躺在灵堂后方，我走过去，掀开她脸上的冥纸，她的表情安详平静，我摸了摸她的手，不再有温度。

二表哥说："我奶平时最疼你，没想到你工作这么忙，连回来看她都腾不出时间。"面对指责，我无言反驳，他的话堪比一记耳光，让我觉得脸颊发烫。

我在灵前哭了一阵，趁着如厕走向后院。铁门半开半掩，进了院子，我一抬头就看见那条悬挂在屋檐下的腊鱼。记得上次探望时，看见那条鱼我还特意问了我妈："我姥牙口不好，这鱼硬邦邦的，她吃得动吗？"

我妈说，她不管吃不吃得动，每年都得腌点儿腊味挂起来，这样才有过年的味道。那条鱼是春节的象征，年年有余，有美好的寓意。

屋里的写字台上摆着姥姥的照片，是三年前拍的，照片上的她腼腆微笑，利落整齐的短发洁白如雪。那张照片是她八十大寿时我用手机拍的，我妈特地去照相馆洗了几张，一来留作纪念，二来待姥姥百年后用作遗像。老年人都排斥拍照，尤其单人照，在他们的观念里此举不吉利。

我端详着照片，姥姥的音容笑貌历历在目。我坐在那张她睡了大半辈子的床沿上，泪水止不住地滑落，比我在她灵前哭得还凶。回想上次离别时，我把五百块钱塞到她的手里，她推托好几次，说："我这把年纪了，要钱也没地方花了。"

我妈当时还劝："以前都是你给孩子零花钱，现在他上班了，也该孝敬孝敬你啦。"

姥姥微笑着接下钱，折好，放入手绢。打我记事起，她就把钱放在手绢里，就像她长期以来使用裹脚布而不穿袜子一样。

屋里的木床是姥姥结婚时置办的，听说当时只花了八毛钱。没想到这张价值八毛钱的木床她睡了足足六十多年。外公二十多年前就去世了，也没留下照片。打我记事起，每年大年初二都会去姥姥家，一来拜年，二来上坟，这种传统几乎维持了近二十年，直到我参加工作后才不得已中断。

我记得工作第一年的春节，正好我值夜班，那时我还在线路警务区，当晚师父给我烧完四个菜，就回家过年去了，留我一个人面对一桌子菜。我坐在空荡荡的房间里，看着电视里春节晚会的节目，突然很想家。我拨通家里电话，说了几句拜年的祝福，爸在电话那头问我晚上吃的啥，我望着桌上早已冷掉的饭菜，回了句：挺好，四菜一汤。

挂了电话，我走进院中，这时镇上陆续有人家开始放烟花。我就呆立在院子里，足足站了一刻钟，看着漆黑的夜空里腾起绚烂的烟火，不知是冷风吹的还是又想家了，我的眼眶一热，视线随之模糊。

第二年春节，我被调到了 S 市火车站，才切身感受到对铁路警察最重要的日子——春运。广场上的旅客队伍排成了蛇形，候车室人满为患，想上厕所，就必须从候车室比肩接踵的人群中挤过去。最忙的时候是春节前三天，广场上人山人海，连巡逻车都挤不进去，只能停在进站口的角落里闪着警灯。

大年三十那天，广场上没几个人，该走的都走了。赶不上大年三十的，便失去了回家过年的意义。那一天对无数中国人来说意义非凡，它意味着团圆，意味着辞旧迎新，意味着一年的终点和另一年的开端。

关于姥姥的事儿，我曾为此埋怨过妈妈："如果你告诉我她撑不了几天，我肯定会立马回去的。"

"事情都过去了，就别说了。生老病死是再自然不过的事，你妈也是怕耽误你的工作。"老爸在一旁打圆场道。

"你们每次打电话就问我工作怎么样，怎么不问我过得怎么样，开不开心、幸不幸福？难道在你们眼里只有工作吗？"我忍不住爆发。

错过见姥姥最后一面，成为我心中永远的遗憾。事后我也曾自责，单位少我一个照样能运转，我为什么非要等专项行动结束才回去呢？这件事以后，每次听歌听到周杰伦的那首《外婆》，我都会忍不住哽咽。

缺席某次婚礼，事后可以用一桌酒席弥补；缺席一场葬礼，下一次你只能看到一堆黄土或一个墓碑。人的成长就是经历一次次生死别离，送走一个个长辈，蓦然发现眼前无人可送，这说明我们已经老了。

离开村子十来年，每次返乡，我都要沿着村里村外兜一圈，我发现，逢年过节和平日里的人口呈两极分化。只有春节，村里的人口才会达到峰值，春节一过，村子就再次陷入冷清。

倘若错开春节回乡，就会发现村里大门紧锁的户数一年比一年多，田地里隆起的坟堆与日俱增。随着老年人一个接一个辞世，村子的人气每况愈下。家有一老，到了节日，会有一堆晚辈聚拢在其身边，若老人走了，那股人气也就散了。

在外漂泊的打工人，每年为何要往老家奔，还不是因为家里有年迈的父母吗？儿女放假可以接到城市里团聚，可年迈的父母宁愿守着孤独的院落，只因为他们自出生就扎根在这片土地上。

每年春运时节，我都站在火车站广场上，目睹返乡旅客带着大包小包，脸上挂着幸福且期待的笑容，那一刻，我便有了一丝知足——我在为他们的平安保驾护航。

到了前年的春节，我在公安局助勤，罕见地等到了一个假期，终于赶在腊月二十九的下午坐上了返乡的高铁。

三天前，我接到爸爸的电话，他已经把奶奶接回了老家。奶奶的状态不好，意识有时清醒有时模糊。我爸虽然没明说，但我从他的语气中听得出来，他希望我尽快回去。

我回到家时，奶奶已经不能说话了。我喊了一声："奶，我回来了。"

她好像挣扎似的睁开眼，旋即又闭上了。

大年三十夜，十一点半，我到院子里点燃了一串鞭炮。不明所以的人可能会以为我正迫不及待地抢着迎新呢。其实，是因为我奶走了。

奶奶享年八十六岁，在我们老家，那串鞭炮叫"断气炮"，老人走的时候放，旨在知会那边的亲人：有人去了，迎接一下。一串短炮，几秒炸完，如人生般短暂。

与断气炮对应的是"咽气轿"，以前人们用芦苇秆手工扎制框架，再糊上纸图，如今纸花店用几块硬纸板一拼接，就算完工。

按程序，放完断气炮，紧接着要烧咽气轿：捋一根红绳，一头握奶奶手心，一头系在轿子门把手上，将红绳系上。

家门几个长辈听到断气炮，闻声赶来。一场家庭会议在烟雾缭绕中开幕，大家伙儿的眼睛齐刷刷盯着我爸。作为长子，很多事情还得他拿主意。他早已经想好要在初二出殡，便征求兄弟们的意见："你们看年初二入土怎么样？"

三个叔叔都没意见，于是一件件事就这么敲定了。

时值年关，村里老少都在，办起事来格外顺利。治丧委员会由村长独挑大梁，前来吊丧者络绎不绝。

两家唢呐班子一东一西摆开架势，东边的先吹，一曲《天下第一情》，吹得婉转凄凉；西边的紧随其后，吹了一曲《母亲》，乐声如泣如诉。唢呐班在我们当地被称为喇叭班子，以前《百鸟朝凤》是各家班子的必吹曲目之一。后来，渐渐成了唱为主、吹为辅。我记忆最深刻的是十岁那年到小胡村听唢呐，"姚北赵"对阵"磨盘王"，两个班子吹红了脸，主吹手都站在八仙桌上轮流吹奏，比谁的掌声多。有时同时吹，比谁换气少，两个人脸憋得通红，没人甘拜下风。

那天，两台班子整整吹了一夜，几乎所有能叫上名的唢呐曲目一个不落。后半夜，到了大众点歌环节，两个人竟没有一个被难倒。此事在当时引起了不小的轰动，一度成为街头巷尾甚至田间地头的重要谈资。虽然当时我还是个孩子，但那一夜的唢呐带给我的震撼，足以让我铭记终生。

今非昔比，如今的唢呐班子，会吹儿首流行音乐就不错了，经典曲目老吹手还会一点儿，新人几乎吹不出来，全靠伴奏。

我跪在灵堂前，我三奶则枯坐着一言不发。到了饭点，我们喊她吃饭也不去。她与我奶同龄，我奶没去养老院那会儿，两个人经常结伴赶集，去教堂做礼拜。有个下雨天我奶摔了一跤，好在邻居及时发现，给我爸打电话，我爸连夜从苏州赶回。家人聚在一起开了个会，经过讨论后一致认为，送奶奶去养老院是一个切实可行的方案。

对观念传统的老人来说，进养老院意味着儿孙不孝。因此，当我爸提出要把我奶送养老院时，她大哭一场。我爸劝说，在养老院住二人标准间，空调冬暖夏凉，还有护工专门陪护。凭借我爸三寸不烂之舌的一番动员，才终于把我奶说动了。

出殡时间定在清晨四点半，天气预报说有大雪。四点钟时，人们陆陆续续到了。三奶拄着拐杖步履蹒跚，不到四点就来了，我爸劝她回去休息，她说睡不着，送送我奶。

出殡前，三奶突然情绪失控，大哭起来，一边痛哭，一边唱着什么。我爸告诉我，她其实是在唱赞美诗。我虽然听不懂赞美诗的具体内容，但听着三奶情深意切地歌唱，自然能感受到其中的厚重。

我想，我奶真幸运。等三奶去世那天，估计就没人给她唱赞美诗了。

时间一到，鸣炮奏乐，送丧队伍浩浩荡荡出了村子。刚出村，天空下起了"盐粒子"，是水蒸气遇冷而形成的小冰粒。

等到把坟堆起来，天已破晓。回到家时，盐粒子变成了冰雨，过了一阵，就开始下起白茫茫的雪。

我爸打量着屋后白茫茫的雪，若有所思道："今冬麦盖三层被，来年枕着馒头睡。好雪，好雪。"

11

人间游荡

星期五一下班，我没回家，而是直接去站台，准备坐火车见阿卫。阿卫告诉我，订好了饭店，等我。我知道，他欠了许多债，为了还债起早贪黑跑快递，肯定过得不好。而如今他父亲死了，母亲老了，妻子跑了，身边能说说话的，只有我了。

阿卫是我老家的一位堂弟，他爸和我爸是同一个曾祖父，我称呼阿卫的父亲"三叔"。半年前，我曾接到阿卫电话。电话通了很久，那头始终沉默。我刚要挂断，对面突然传来"哇"的一声干号，声音凄惨，吓得我差点儿丢掉手机。

我未开口，电话那头紧接着是一声低沉乏力的话语："哥，我败家了……"

我心里"咯噔"一下，冒出的第一个想法是他欠我的三万块钱不会泡汤了吧？当时我在筹备买房，正是用钱的时候。

本来我很好奇他是如何败的家，不过意识到此刻询问这些细节无异于在他的伤口上撒盐，便缄口不言。电话那头则滔滔不绝，简单扼要地概括了他败家的直接后果——位于苏州、昆山的两套房产悉数败光，那辆刚开了一年的吉普自由光连一个轮子也未幸存，统统抵了债。

其实如果这就是结局，对他而言还算一个不错的结果。

"你还年轻，还有机会。"我适时插话道。

"哥，我还有外债二十万，老婆也不一定留得住……"

听闻此言，我心头一酸，随之沉默。后来我得知，阿卫的债主远不止我一个，亲朋好友差不多被他借了一圈，凡是债主他皆通了电话说明现状，恳求再容他一些时间。但大伙儿心里明镜似的，所谓一些时间，想必遥遥无期。

记得阿卫结婚前，三叔几乎踏遍所有亲戚的家门，目的只有一个，筹措彩礼钱。好在阿卫口碑颇佳，年纪轻轻便在城里买了房，汽车也是崭新的，四驱 SUV，高端大气。那时，我还不知晓阿卫的真实情况，埋怨他不体谅父母，自己一毛不拔，钱的事都是三叔顶着那张老脸冲锋在前张罗着。以至于婚礼现场，主持人请男方家长上台讲话时，三叔因掏不出红包而羞得双颊滚烫，灰溜溜跑下了台。

有人说，阿卫是故意使三叔难堪，为了报复当年三叔逼他退学一事。父子之间的嫌隙也始于那一次争吵。

那年夏天，阿卫参加中考，因两分之差与怀城一中失之交臂。拿到分数单时，他像丢了魂似的，独自走出村庄，走向黄昏的田野，没有人知道他去了哪里。直至深夜，他鬼魅般地出现在家门口。三叔坐在院中，手摇着蒲扇，嘴里叼着香烟。他身后是一栋造型独特的洋楼，历经岁月侵蚀，依旧挺拔，只是这座象征着辉煌的地标，如今也成了家族衰落的见证。三叔的祖父曾干过国民政府的保长，父亲当过新中国人民公社的会计，祖辈上算是吃过皇粮，这栋小楼便是两辈人积累下的家业。不知为何，到了三叔这一代每况愈下。

年轻时的三叔，怀揣武侠梦，曾去嵩山学武功。他学武归来，整天无所事事，天一擦黑，揣上手电，腰挎猎枪，就带领一群同样无所事事的少年，风风火火进山狩猎。他们大多数时候空手而归，运气好时带回一只野兔。三叔的父亲觉得总这么下去不行，于是处处想办法要他谋个正经差事。好说歹说，终于，三叔从"荒野猎人"摇身一变，成了乡派出所联防队一员，任职副队长。甫一上任，他就被派去处理一起打架斗殴事件。因两拨人对身穿制服的他熟视无睹，让他感受到了极大的蔑视，瞬间火冒三丈，拿出看家本领少林绝学。擒贼擒王，他三拳两脚便制伏了一方的首领，余人见状，落荒而逃。

他本以为会得到领导的肯定，未承想，这场闹剧让他不得不脱掉穿了不到一个月的制服。脱下制服没多久，三叔在他爸的帮忙下，购置了一台崭新的铃木摩托车，开始从事收税工作。

穿黑色皮夹克戴墨镜，三叔骑着拉风的摩托车四下搜寻小商贩的身影。无论是狗贩子、羊贩子，还是推车卖豆腐的，大伙儿听到摩托车排烟管发出的声音，纷纷色变。同样是两轮的交通工具，自行车哪是摩托车的对手，每次他都"大获全胜"。但这些对他而言都是小鱼小虾，真正的大鱼是外地那帮收兔毛的家伙。那时候，兴起一阵养殖风，家家户户都养兔子，收兔毛的商贩接踵而至，把收来的兔毛集中卖给南方的服装厂，从中赚取差价。他们三五成群，骑着脚踏车，后边搭俩竹筐，每兜一圈，便满载而归。这帮人视三叔为天敌，唯恐避之不及。

我爸曾叹着气告诉我说，三叔收税的手段极端单一，采取的是杀鸡取卵的方式，每抓一人，狠狠罚款。他曾建议三叔把空置的房屋腾出来，支几张床铺，供商贩们休息，价格比镇上的旅店便宜些，三年五载下来，也能赚不少钱。

结果三叔正色道："猫哪能跟老鼠住一块儿，这不乱了套嘛。"

那一年，无疑是三叔人生中的高光时刻。每当全村人抬头看见那栋高耸的洋楼，听闻摩托车排烟管冒出的响声，都会情不自禁地格外艳羡。放眼整个村子，三叔家开创了诸多"第一"：第一辆摩托车，第一台彩电……

惹不起，躲得起。商贩们纷纷撤离，转而去隔壁村镇发展。

三个月后，正值酷暑，三叔得知自己丢失了收税的肥差，顶着烈日，猫在一棵桑葚树下擦拭猎枪。当晚，他背上猎枪，像一位革命首领似的，身后跟随着一帮血气方刚的少年，雄赳赳气昂昂进了山。午夜归来，两手空空，他踏上楼梯，钻进卧室，继续忍受失眠的折磨。

三叔的父亲对儿子的现状着实担忧，纠结一周后，决意拿出压箱底的存折，走进信用社，取出一沓现钞。此举的直接后果是，三叔闪电结婚。一年后，妻子生下一子，取名阿卫。

然而，婚后的三叔还是成了败家子的代名词。三叔任凭家中土地荒芜，却坚持他唯一的爱好：狩猎。直到猎枪被强制收缴，他仍然执迷不悟，以弹弓代替猎枪，埋头改良出十余种令人眼花缭乱的狩猎夹。

后来，在公安机关再三训诫、村民们异口同声强烈谴责、家人捶胸顿足唾骂之下，三叔终于幡然悔悟，当众销毁了十五只制作精良的弹弓及若干狩猎夹，并宣布从此金盆洗手，永不进山。

时光飞逝，阿卫从嗷嗷待哺的婴儿成长为一位风度翩翩的少年。在祖父的悉心关怀下，阿卫丝毫没有遗传父亲整天仰望星空从不脚踏实地的基因。打小学一年级起，祖父就承担起监督孙子功课的重任。每当阿卫放学归来，他便拎着小马扎来到院中一棵碗口粗的梧桐树下就座，将家中那张沾满油污的木质餐桌擦拭得一尘不染，充当书桌。当阿卫伸着懒腰放下手中的铅笔，祖父便从马扎上起身，手托烟斗，对着作业本上密密麻麻的字迹心满意足地点点头："不错，就这么写，将来你要考上大学，给咱家争光。"

祖父是家中唯一重视孩子教育的人，他身体力行地积极实践着再穷不能穷教育，揽下了所有农活儿。"我希望你们永远不要和土地打交道，能吃上商品粮才好。"

丧失打猎的兴趣后，三叔自觉地肩负起繁育下一代的光荣任务，以极其规律的节奏保证每两年准有婴儿的哭声响起。家中每诞生一个婴儿，他的妻子便会销声匿迹一段时间。面对超生的巨额罚款，三叔从不赖账，他对前来收罚款的人心平气和道："先记着吧，等我有了钱，一定第一时间还……我保证，排在代销店的酒钱前面。"

说这话时，他刚从一场宿醉中苏醒，嘴里泛着酸臭味，眼睛像涂了层胶水，任凭他如何努力，上下眼皮仍旧如胶似漆，紧紧依偎在一起，不愿分开。

第一个孩子出生后，初为人父的三叔曾尝试回归土地，当一回真正的农民。为此，他曾不惜欠下一笔巨款，购置一台手扶拖拉机及配套的犁耙，在农业现代化的道路上敢为人先。第一次发动拖拉机时，他因操作不慎，门牙被摇把打掉半颗，从此说话开始漏风。但他依然在乎形象，每天梳着刘德华同款发型。失败并未使他退却，他强忍牙痛，一整个下午都在苦练发动拖拉机的技术，直到筋疲力尽，倒在用废旧毛线编织而成的软床上，响起一阵如雷的鼾声。邻居们这才不用再忍受拖拉机噪声的折磨。

但拖拉机给他带来的新鲜感只存在了短短一个月时间，在麦收来临前便消磨殆尽。他很快又从酒精中得到安慰，用时不到一周，便将"酒鬼"称号收入囊中。

打我记事起，听我妈念叨得最多的一件事便是三叔欠我家的三只猪崽钱至今未还，木门背面毛笔字记录的账目从清晰到模糊，直至换成铁门，那三只猪崽钱仍无着落。

有一个曾经跟随他进山打猎的少年叫建飞，现在已经长大成人，闯荡长三角不到两年，亲自推倒家中破败的瓦房，一栋二层小楼拔地而起。建飞富了，买了寻呼机，即使是零下七八摄氏度的天气，他也只穿一身皮夹克，为的就是让所有人都能看清他那腰带上挂的寻呼机。建飞的发迹引来众人艳羡，其中自然包括长期处于人生低谷的三叔。

春节期间，一个大雪纷飞的深夜，三叔身披一件橄榄绿军大衣，手握当年进山打猎的手电筒，鬼鬼祟祟地来到建飞家，叩响镀铜门环。

"谁？"

"是我。"

瞧见三叔头顶上积压了一座蓬松的雪堆，建飞赶紧让他进屋。三叔跺跺脚，抖去身上残雪，直奔煤炉，不停搓手哈气，连声音也好似结了冰，生冷坚硬。

"哥，大半夜的，有什么要紧事？"建飞递上一支烟。

三叔兀自抽着烟，盯着无精打采的淡蓝色火焰，酝酿了两支烟时间，才表明来意。

"我想跟你进城。"

面对三叔的请求，建飞欣然答应。元宵节一过，二人乘坐南下的火车直抵 S 城。三叔开始在大城市做起了生意。起初两年，生意红火，三叔因此品尝了一番衣锦还乡的滋味，人们很难相信，眼前这位衣着时尚、发型前卫、言谈中夹杂着怪异普通话的男人，不久之前还是一个松散慵懒、胡子拉碴的颓废者。发生剧变的除了外观，还有三叔说话的语气，曾经因债台高筑不得不在大年三十离家躲债的他，如今挺直腰杆，光速还清了外债，连同我家那三只猪崽钱也一并结清。他信守诺言，的确在偿还代销店所欠酒钱之前到乡计生办一次性缴清了超生罚款，并且认缴了一笔数目不小的滞纳金，这才让两个孩子从黑户变成合法公民。

刚进村口，他便被一群玩耍的孩童簇拥着。他从旅行包内掏出一大袋糖果逐一分发，直至一颗不剩，才想到自己家中还有四双充满期盼的眼睛。

三叔的父亲见儿子"出息"了，干农活儿也格外起劲。他虽年过花甲，仍然将不输壮年的激情洒在十三亩农田上。尽管如此，地里的收成也只能勉强填饱家中的几张嘴。他曾不止一次追问过儿子，究竟在城里做何种活计，每次三叔的回答都言简意赅：做生意。

一年后的春节，那夜下着鹅毛大雪，几只手电筒的光亮摇摇晃晃地来到洋楼前，一位便衣警察叩响门环。

"谁啊，大半夜的还让不让人睡觉了？"三叔披上军大衣，嘴里嘟囔着。

叩门声再次响起，依旧无人搭话。

脚踩积雪的咯吱声，激烈的犬吠声，以及三叔重重的喘气声，仿佛都预示着将有不同寻常的事情发生。

"警察。你被捕了。"领队的从腰间掏出手铐，"咔嚓"一声，锁上了三叔的双手。

"知道犯了什么事吗？"

沉默。

如果说三叔曾经有过高光时刻，那此时此刻一定是他人生中的至暗时刻。他的头发上残留着冰冷的雪末，三叔佝偻着身体，被人架上了警车。洁白的雪地上留下一排深深的车辙印。

年仅十一岁的阿卫趴在二楼的窗台上目睹了这一切。半睡半醒的他仍觉得，这不过是一场噩梦。次日一早，他走出院子，看见雪地上那排车辙印，才意识到，这就是残忍的现实。

原来，三叔口中可以发家致富的"生意"，不过是掩饰偷盗的说辞。该偷盗团伙总计三人，分工明确，三叔作为后来加入者，主要负责望风。建飞的表弟因动作灵敏承担起"主攻"的任务，负责入室扒窃。而建飞作为团伙头目，主要负责前期踩点、确定行动计划、事后分赃等工作。

三叔入狱，最受折磨的人当数他的父亲。他只能用日渐羸弱的身躯背负着整个家继续向前。生活的重压使他一夜之间白了头发，嗓音也变得沙哑。他苦苦强撑，只为儿子能够浪子回头。

三叔出狱当天，家人齐聚一堂，吃了顿久违的团圆饭。一瓶高粱酒即将喝完时，三叔突然起身，来到父亲面前，"扑通"一声跪倒在地。打量着苍老瘦弱、满脸沟壑的父亲，他强忍着泪水，哽咽着说了一句："爸，对不起，这些年让您受累了。"

三叔的父亲呆呆坐着，任凭热泪滑过脸庞，流经那一道道深深的皱纹，多年以来的辛苦和操劳随着儿子的话瞬间烟消云散。令他欣慰的是，近五年的牢狱生涯退去了儿子身上那股浓浓的浮躁气，甚至说话的语气也较之前温和许多。三个月后，三叔的父亲被诊断出肺癌晚期，他拒绝住院，卧床一个月后撒手人寰。他对儿子说，每个人的命都有定数，急也急不得，赖也赖不掉。说完这话的次日黄昏，他像一盏枯灯，耗尽最后一滴油。

他的去世对这个风雨飘摇的家可谓打击沉重。这也意味着一直得到祖父庇护的阿卫不得不面临辍学的境况。那个夏天，大街小巷循环播放着一首由群星合唱的《北京欢迎你》，阿卫参加中考，没考上理想中的重点中学。阿卫永远忘不了那个炎热的夜晚，父亲坐在当院那张祖父经常发呆抽烟斗的躺椅上，淡淡说了句："回来了。"

阿卫不答话，径直绕过他走向堂屋。

"我有话跟你说。"

阿卫立在原地，等父亲发言。

本以为父亲会安慰他几句，说些"考不上重点高中，上普通高中也无妨"之类的话。但是，父亲说出的话犹如盛夏之夜下了一场冰雹，"噼里啪啦"打在阿卫的心头，令他寒意陡增。

酝酿半响，伴随着脚尖蹑灭烟蒂的刹那，三叔嘴里轻描淡写地冒出一句话："既然没考上，也该给弟弟、妹妹做个表率。"

话里话外，意思就是要阿卫辍学打工。

阿卫结结实实打了一个激灵。他想反驳，却开不了口。他何尝不明白，身后那棵为他遮风挡雨的大树只能是逝去的祖父。阿卫整夜未眠，任泪水浸湿枕头，整整一个星期，他没有和三叔说一句话。暑假结束前，他匆匆收拾行囊，在一个晚霞似火的傍晚踏上南下的火车，投奔远在苏州的表哥，至此宣告他们父子之间的冷战进入新阶段。

充满脚臭味的绿皮车厢里，阿卫打量着窗外漆黑的夜色，心如冰霜。他像一具行尸走肉，走进服装厂，开始了长达五年的工人生涯。五年里，他没回过一趟家，每逢节假日他都主动申请加班。顶头上司余江把他任劳任怨的态度都看在眼里，并在跳槽时将他带到园区新厂，从零开始学习汽车模具制作。一年以后他崭露头角，成为一名车间主管。他的人生从此发生转变，此后短短两年，就在苏州市区购置了一套五十平方米的二手房。同年春节，他加入返乡大军一员。

相较于他进城前，村子的变化天翻地覆，不仅通了水泥路，家家户户都盖上了二层小楼。只是这些近乎雷同的建筑只有在春节这种热闹团聚的节日里才有了一丝烟火气，搁在平时几乎全部空置，只有步履蹒跚的老人守在一栋栋空荡幽静的建筑里等待死神的光临。大部分建筑的主人都进城务工去了，他们栖居在逼仄的城中村，任凭老家宽敞明亮的楼房被鸟雀占领，搭巢下蛋，留下一堆堆干枯的树枝和粪便。

当阿卫目睹三叔日渐沧桑的面容时，忽而觉得光阴似箭，不由得后悔自己太过狠心，简直就是一个不孝子。令他稍稍宽心的是，弟弟、妹妹没有一个重蹈他的覆辙——因经济原因而辍学。这完全归功于他那勤劳的双手，不仅解了家中的燃眉之急，也令三叔终于能在乡亲们面前再次挺起腰杆。

春光明媚，四月的一天，阿卫家中迎来一位稀客——远房表亲王达川。此人西装笔挺，腋下夹着锃亮的皮包，座驾是一辆黑色奔驰 E300L，他拥有专职司机，上下车时司机总要抢先一步开关车门。贵客的到来，瞬间点亮了这栋蜘蛛网密布的小楼。

觥筹交错的酒桌上，王达川终于说明了此行的真实目的，原来他当天刚在淮城签了一笔订单，车子经过收费站时猛然想起有位远亲居住在此，便令司机下了高速，打开导航，直奔村里而来。

酒意正浓时，三叔询问了许多关于工程承包的问题，王达川像个老师似的，耐心回答学生的提问。他干的是绿化工程，主要和一些市政工程路桥建设相关。为增加说服力，王达川示意司机打开皮包，掏出一沓 A4 纸。那是刚刚签下的合同，朱红印章下的日期显示正是今天。借着酒劲，三叔试探性询问，一期工程下来能赚多少钱，王达川伸出五个手指，悬在半空。

"五百万。"说完，他收回右手，端起酒杯，抿了一大口，夹起一粒饱满的花生米送入口中，"嘎嘣"一声咬碎，细细品味。三叔陷入惊诧中仍在愣神，王达川适时补充道："不过，这五百万也不是我一个人赚。我有十几个合伙人，还要和他们按照入股比例进行分红，我也就能分到七八十万吧。"

王达川口中的七八十万仿佛大水冲来的那般轻松。三叔的内心仿佛一座休眠火山，经过长期的沉寂，今晚终于要喷发出炙热的烈焰。

听说三叔对这类工程很感兴趣，王达川放下手中的筷子，拿起烟盒，抖出一根中华，抽到半截才开口，语气里充满为难："不是我不想让你加入，只是目前我们公司股东满员了……"

一根烟结束，他又话锋一转，给三叔留了几分希望。

"对了，我突然想起来，有个股东因为家庭原因提出过一次退出，我回去再探探他的口风，有进展的话第一时间给你通知。"

"太感谢了，这杯我敬您，先干为敬。"三叔将酒杯添满，咕咚咕咚，一阵火辣穿过喉咙直抵肠胃。

散席时，已经接近十点。三叔再三挽留，客人执意离开，并让司机拨打了城里唯一的五星级酒店的客服，订了两个房间。

临别时，王达川掏出一个红包："这次来得匆忙，也没给孩子们买东西，这点儿心意给孩子们的，你拿着。"

三叔说什么也不肯收下，车窗关闭前，他把红包塞进车里。车子驶出几米远，停顿一下，车窗开了，王达川探出头，将红包送回来："都说了，这是给孩子们的。"说罢，车子掀起一阵尘土，扬长而去。

望着模糊的奔驰尾灯隐没在夜色里，三叔仿佛嗅到了家族复兴的伟大商机。

心急如焚地等待了一周，三叔终于忍不住打给王达川。电话通了，王达川小声嘀咕了一句："正在开会。"一个钟头后，电话打了回来，王达川重点感谢了上次的盛情款待，对于三叔格外关心的问题绝口不提，三叔猴急，抢在电话挂断前询问股东的事。

"哎哟，我以为你只是随口说说呢，看来你是真感兴趣？"

"当然，当然。还得靠您罩着呢。"

"这样吧，我过两天给你消息。"

又焦急地等待了两天后，三叔终于收获喜讯。王达川在电话中告诉他，之前提及的那个股东已经正式提交了退出申请，只待董事会批准通过。

"机会难得，你如果真有兴趣的话就尽快筹措资金，感兴趣的不止你一个。"

"一定，一定。"挂断电话后，三叔叼着烟在院子里来回打转，他像一只得胜的斗鸡蓬着羽毛接受观众的注目礼，沉浸在胜利的喜悦中。只是有件事他全然没有考虑：去何处筹措资金。兴奋劲儿一过，他拨通儿子阿卫的电话，说有个天赐商机摆在眼前，只差启动资金。

"我没闲钱，每月还得还房贷。你自己想办法吧。另外，我劝你一句，天上掉馅饼的事不会砸到你的头上，好自为之。"

"你这孩子……"

"嘟嘟嘟……"电话挂断。三叔辗转反侧夜不能寐，眼看到手的肥肉即将溜走，他不甘心。不过，儿子的后半句话也给他提了个醒，他决定去王达川老板的公司考察一番。

王达川老板接到电话后，派司机前来接驾，不仅带三叔参观公司，还去市郊参观了一家合作伙伴的绿化种植园。三叔这下可算开了眼界，公司总部设在当地最高建筑（王达川老板称之为CBD）的二十二楼，在那里三叔得到一份打印合同，还有一些绿化工程项目推进表。

"等你注资以后，就分管这一摊活儿。"王达川用圆珠笔在项目第二页圈出一长列施工方案，"级别的话，看你的注资数额。

一般来说，十万块以上，就是项目经理级别。当然喽，十万块以下，我们是不接受投资的。这点请你务必想清楚。"

喝了一杯由美女秘书亲手冲泡的拿铁咖啡后，三叔在合作意向书上签下名字，并承诺半个月内凑齐十万元，否则自动丧失合作机会。实地考察后，三叔更加确信，他的人生将从此步入发展快车道，抓住稍纵即逝的机会，他便能脱贫致富、咸鱼翻身。他捧着厚厚的 A4 纸，仿佛那就是一沓钞票。为了提前适应经理这一角色，他比照王达川的穿着打扮，花费三百块置办了一身新行头，然后踏上筹措资金的漫漫征途。凭借一条三寸不烂之舌，在截止日期前一天，三叔终于凑够十万块，星夜赶往公司总部签订合同，准备走马上任，前往他分管的工地行使职权。

美梦总有醒的那一刻，犹如镀金脱落的废铁，露出它的本来面目。签订合同后，三叔时刻准备着"就任"项目经理一职，几乎每天都通过手机询问王达川他何时能去总部报到。王达川每次都用不同的理由搪塞，什么项目审批遇阻、董事会推迟、苗木运输在途等。眼看半个月过去了，他急不可待地给王达川发消息，发现需要重新验证对方为好友。三叔慌了神，对方竟然把他给删了。打电话，语音提示已停机。他顿时在院子里上蹿下跳。他告诫自己保持冷静，却发现额头沁出一层汗。等三叔赶到公司总部时，早已人去楼空。他包车专程去了王达川老家，结果发现门口堵着一拨人，口中嚷嚷着"还我血汗钱"。

警车呼啸而来，王达川家只剩一个面容枯槁的老父亲，坚称自己不清楚儿子在外面干的那些勾当，兀自蹲在角落里抽着闷烟。三叔见状，腿一软，差点儿瘫倒，好在同行的人及时架住了他的胳膊，把他扶到车上。警察带走几个报案人，三叔也去派出所做了笔录。等三叔好不容易回家，发现自家门口围满了人，都是来要钱的，还有专程从外地赶来的亲戚。

　　他自觉没脸面对，在村口悄悄下了车，徒步走进了漆黑的田野中。路过他父亲的坟墓时，他恨不得找个地缝钻进去，假如父亲还活着，保不准会被他再气死一次。

　　浓雾渐起的田野里，他像一个游荡的孤魂。路过一口机井时，他曾想一死了之，又没那个勇气，只好折返，回家去。

　　债主已经散去大半，只有两三个人守在院子里干等。

　　"欠你们的钱，我会慢慢还。"撂下这句话，他从橱柜里取出一瓶高粱酒，登上楼梯，钻进二楼卧室，一口气喝光瓶中酒，呛得直咳嗽。院中驻足的债主听到女主人的尖叫声，不约而同冲上二楼。只见三叔面色苍白四脚朝天，大汗淋漓意识模糊，发出阵阵痛苦的呻吟。

　　"这哪是喝酒，这么个喝法和喝农药有什么区别，赶紧送医院。"

　　村卫生室灯火通明，医生翻看着三叔的瞳孔，面露紧张神色，立刻给他洗胃。两个小时后，医生再次拿起听诊器，仔细探听他的心跳，情况终于有所好转。此次遭遇让债主们意识到一件事，不能逼得太紧，否则出了人命，钱就永远没了着落。次日下午，一帮债主陆陆续续聚集到洋楼前，他们当中有人手里拎着探望病人的水果或牛奶，来人说着同样的话，无外乎安慰三叔，一切向前看，只要人还在，就有东山再起的一天。为打消债主们的疑虑，三叔现场手写了十来份欠条，按上鲜红的手印，作为有效的法律凭证。

"只要我还有一口气，就一定会还你们的钱。"三叔挣扎着从床上坐起来，朝面前的人群承诺道。

三叔受骗的消息很快传到阿卫的耳朵里。那时，他刚从一家汽车4S店出来，一刻钟前，他刚交了购车定金。替父还债的想法曾在一瞬间冒出，旋即被他否定。阿卫心里再次浮现出当年辍学所受的委屈。那件事，他一直耿耿于怀。工作期间，他曾想报名成人大学，可连高中文凭也没有的他只能想想而已。眼看同事们一个个升职加薪，他却因学历低而只能屈居车间主管一职，此事怎能不令他介怀！

再者说，以阿卫目前的经济状况，对于三叔的债务危机实在爱莫能助。买车首付的钱也是七拼八凑，每月工资除去车贷房贷及生活费用所剩无几。父子俩之间的隔阂犹如打了死结，虽然一度出现过松动的迹象，但真想彻底解开，除非时光倒流，三叔从未入狱，阿卫没有辍学。

阿卫父子俩争吵最激烈的一次，阿卫埋怨三叔没有用，连累他辍学打工补贴家用。三叔面红耳赤："老子是没用，否则也不会生出你这个不孝子。你眼里还有长辈吗？作为家里长子，你难道不应该担起一份责任吗？"

"谁让你生这么多孩子，只管生不管养，你哪里配当一个父亲！"

一记响亮的巴掌应声而至，打得阿卫嘴角挂彩。打那天起，阿卫站在院门口高声宣布："从今以后，你是你，我是我。"短短十个字，宣告断绝了父子关系。在长达五年的"冷战"期间，父子俩未见一面，但当三叔听说阿卫在车间被机床轧伤手指的那个夜晚，他彻夜未眠，一面为儿子的伤情担忧，一面为当初的决定自责。假如不是自己逼他退学，他就不会进工厂，自然就没有受伤这档子事。

作为儿子的阿卫同样口是心非，当他母亲在电话中透露三叔因酒后骑摩托车摔进水沟时，也禁不住追问一句："人没事吧？"

身处至暗时刻的三叔，整日借酒消愁，餐桌上永远少不了的便是一碟油炸花生米、一瓶散装高粱酒。

六月的一天，阴雨绵绵。一辆白色越野车开进村子，停在那栋充满年代感的洋楼前。阿卫回来了。阿卫归来的消息不胫而走，一个钟头不到，洋楼前聚集起一大片五颜六色的雨伞。

阿卫忙着给副驾驶座上的堂叔演示什么叫全景天窗、座椅加热。当他打开座椅加热开关时，堂叔坐不住了，摸着滚烫的屁股推门而出。

"这么高级的车得多少钱？"

"全部手续办齐，二十五万多。"

众人咋舌，那位堂叔感叹道："这些钱都够在镇上买套九十平方米的房子啦。"

阿卫惊诧道："镇上的房价也要三千了？"

"咦，咋不要呢。我家上个月刚买的，总价二十八万。"

阿卫不解，家里有现成的楼房，为何要在距离不到五千米的镇上买房。

"你在城里待久了，家里的事不清楚。这年头，镇上有房子几乎成了娶亲的硬性标准。打相亲开始，女方开口问的第一句话就是，买房了吗？男方如果摇头，女方也会紧跟着摇摇头。这年头农村娶媳妇不容易，房子有了还得准备彩礼，至少得按市场价吧，定亲时讲究万里挑一，结婚时图个吉利彩礼要六万六或八万八。你说把一个媳妇娶到家，没有三四十万能行吗？"

阿卫明白，那位堂叔颇有几分醉翁之意不在酒的意思，是在旁敲侧击地问三叔欠大家的钱什么时候还。正是这番充满弦外之音的话，为阿卫日后的闪婚埋下伏笔。

三叔当初借钱时无一不是许以重利，可如今大伙儿也都相继妥协，能拿回本金就知足了。阿卫当即安慰在场的债主："我爸这次是栽了，他欠的钱慢慢还。如果他还不上，以后我们几个孩子也认账，少不了一分一毫。说来也巧，我也是提了车之后才听说这档子事，不然我就不买车了，直接把这窟窿给堵上。"一番安慰后，阿卫从车子的后备厢里拎出一箱十年口子窖，留给几位长辈小酌。到这个份儿上，众人也都无话可说，有好酒的就留下喝两口，余人皆在细雨中散去。

当晚散席后，只剩阿卫父子二人对坐。阿卫醉眼蒙眬道："当初你跟我说这事时，我就感觉不靠谱。您也年近半百了，有些话我不好意思说，但不说不痛快，不为自己考虑，也得为孩子们操操心啊。"他本想借着酒劲说几句憋了很久的掏心窝子的话，未承想刚一开口，便惹怒了三叔。

三叔举起面前的玻璃酒杯，咣当一下摔在水泥地面上，玻璃碎渣四下飞溅。

"我算是明白了，你这是回来看老子的笑话来了。你给我滚！"说着，三叔掀翻杯盘狼藉的餐桌，自己也晃晃悠悠地倒在墙角。

"我知道你打心眼里瞧不起你这个蹲过号子的爸，我给这个家丢人了。我不就是想争点儿面子，才鬼迷心窍去搞投资，结果呢……"他苦笑两下，伸手拭去嘴角的口水，继续道，"结果栽个大跟头，摔个狗啃屎。连自己孩子也专程从外地赶回来看我的笑话。你别以为我不知道，当年我不让你上学这事，你一直怀恨在心，可你也不想想，咱家啥条件，能供得起你上高中、上大学？我好赖也是一家之主，你以为我做出那个决定容易吗，我不难过？生在这个家，你就得认这个命，没办法的事，我也得认命……就和这狗屁季节一样，到处充满霉味。"

阿卫就这么静静坐在凳子上，瞪大眼睛，竖起耳朵，默默忍受着父亲的抱怨与发泄。他从未见过父亲如此脆弱的一面，内心震动极大，一度后悔不该买车，应把那笔钱拿来给父亲还债。他咀嚼着父亲的酒话，想着想着，竟然在一瞬间释怀了。次日清晨，阿卫发动车子，悄悄离开了家，他不想让酒醒的父亲为昨夜的难堪感到别扭。

三叔债台高筑并未给阿卫带去丝毫不良影响，有女方家长甚至主动托人上门求亲。

"阿卫，你也老大不小了，别挑来挑去挑花了眼，现在对象可不好找，难得人家主动上门，有对上眼的你就和妈说，抽空回来见个面。"

面对他妈苦口婆心的劝导，阿卫不是没有动摇过。男大当婚女大当嫁，可他不甘就这么娶一个农家姑娘，过平淡无奇的一生。他从父母那一辈已经看到了自己的未来，他不想重蹈覆辙。

"妈，我暂时不想结婚……再等等吧。"

这一等又过了大半年。再后面的故事就是这天我下火车后，阿卫亲口讲述的。

下了火车，我排队上了一辆出租车，一刻钟后，抵达约定见面的一家藏书羊肉馆。一进门，我就瞥见角落里阿卫熟悉的身影，他慌忙起身向我招手。走近后我才发现，他再也不是一年前那个精神头十足的青年。稀疏的发际线，憔悴的面容，除此之外，他还戴起了眼镜，假如马路上迎面遇见，我肯定认不出来。餐桌上支起一个鸳鸯锅底，老板端上一盘刚码好的手切羊肉。

这家店生意火爆，尤其现在还是梅雨天，好多熟客用羊肉锅加烧酒来祛除湿气。招待亲朋好友，阿卫向来大方，考虑他债务缠身，我在借口上卫生间的间隙偷偷提前买好单，然后若无其事地回到座位，继续聊天。

我问阿卫和老婆后来怎样了，他苦笑着说："走了，本来就没领结婚证，如今一个人反倒轻松。我不怪她，谁让自己不争气呢，哪能死皮赖脸连累人家和你一起过苦日子呢。"

我啜了一大口酒，夹起一片煮老的羊肉。

酒过三巡，话匣子渐渐打开，阿卫敞开心扉，和我聊了许多我闻所未闻的事。他说："哥，我不该贪心，有一套房子，还想着第二套。本想着压力大点儿就大点儿，过两年就把昆山的房子出手，谁料到房市风云突变，接二连三的调控政策相继出台，让我靠着二套房赚一笔的想法化为泡影。"

我接着他的话茬说："你平时挺稳健一个人，怎么就走到今天这一步了？老家有人传言，说你借了高利贷，是真的吗？"

他没有立即回答，斟满酒杯，一口闷光，说话时嘴里冒出一股火辣的味道。

阿卫告诉我，他借的是网贷。本以为靠着工资勉强能够生活，熬两年就能苦尽甘来，不料公司突然战略转移，将工厂迁至税收政策更优惠的武汉。他虽然躲过首批裁员名单，可半年以后噩耗传来，凡不愿前往武汉新工厂的全部按照规定给予一次性补偿。考虑到武汉那边工资待遇远不如苏州园区，阿卫领了一笔补偿金，进入待业状态。那段时间正值网络专车大整治期间，他一面偷偷摸摸跑几单挣点儿零花钱，一面四处求职。

对口工厂大多因税收优惠迁至成本更低的中西部城市，使得求职一事屡屡碰壁。面对车贷房贷，他咬牙苦撑，中间虽然也想起卖房自救，无奈房市持续低迷，挂到中介处几乎无人问津。最终，他从一个朋友口中听到了网贷一词，从一个他认为正规的网贷平台上借了第一笔钱，随即进入恶性循环，不得不用信用卡堵窟窿。滚雪球般的利息压得他喘不过气，催贷电话更是扰得他不得安宁。思前想后，他只能厚着脸皮向亲朋举债，想尽快结束这场噩梦。

回想起阿卫向我借钱的场景，细思起来，我察觉到他的婚姻就是网贷危机的牺牲品。他向我借钱时，只说打算年底结婚，问我能否借点儿钱救急。我便从手机里给他转了三万。

婚礼由三叔一手操办，所有花费全是他抛头露面筹措，他尽心尽力，从未有半句怨言。三叔将这个机会当成了一次救赎，学业一事他对阿卫有所亏欠，想借此事弥补一下。

阿卫打着结婚的幌子，把借来的钱全部用在了还贷上。不仅如此，连同那笔彩礼钱，悉数堵了网贷的无底洞。

有件事直到最近我才想明白，阿卫之前拒绝了多次相亲，为何偏偏在那段时间迅速定亲成婚。原来是他实在走投无路，居然想到了用结婚来化解债务危机。另外，他可能早有预感，假如网贷危机令他破了产，届时是否有人愿意嫁给他都要打上一个大大的问号。他做了一次赌博，可惜赌输了，输得一败涂地。

一瓶白酒很快见底，我快喝不动了，可是阿卫喊来服务员，又要了四瓶雪花。显然，他还没喝够。

阿卫率先干了半杯啤酒，双眼通红地盯着我，两行热泪滑过他的脸庞，我便知他有话说。

"哥，我对不起我爸，他的死我有很大责任。"他突然情绪失控，哭着道，"都怪我，都怪我！我不争气，才让他受累。几十亩地，起早贪黑，他又不是铁人。"

是的，阿卫欠债后，三叔竟遭遇意外去世了。

当三叔得知长期以来引以为傲的儿子居然一夜之间变得一无所有，他没有一丝责怪阿卫的意思，因为他曾不止一次体会到失败的痛苦。他给儿子发了一条语音信息，告诉他：只要还活着，就有希望。

为了还债，三叔决意回归土地。秋收以后，三叔放弃在工地上当小工的活计，大胆承包了五十亩田地。他的大半生都没有对土地倾注过心血，未承想在自己生命最后的阶段却干起了许多人都不愿意干的农活儿。

连年以来，化肥农药价格普遍上涨，只有粮食价格多年不见涨，始终徘徊在国家最低保护价周围。精打细算，还是在外打工挣得多，因此很多人即使身份仍为农民，其实早已脱离土地多年。一位意气风发的种粮大户曾豪言，要以千元每亩的价格承包所有田地，他还提出大胆的设想，要将旱田改种水稻，这些美好的愿景最终只实现了局部，躺在田间地头里的水渠烂尾工程便是明证。三叔从那位种粮大户手中买了辆二手拖拉机，据说这拖拉机是政府补贴的，种粮大户与村里签订了土地流转意向书，顺利拿到了国家补贴，名义上仍是种粮大户，可实际上并不种地。

正当三叔准备大干一场时，却被命运开了一场巨大的玩笑，因疲劳驾驶而永远离去。他所驾驶的正是那辆二手拖拉机，天气预报说第二天有雨，他想连夜把种子播下去，在一个田头掉头时，因坡度大，连人带车翻进沟里，翻车时方向盘砸在头部。等三婶奔到沟头，看见拖拉机车灯前的鲜血，顿时号啕大哭。几位村民骑着电动车赶来，救护车到达时，已经是半小时以后，医生查看了伤者的情况，缓缓摇摇头，示意人已走了。

"我爸包了那么多地，就是想多赚点儿钱。他没有其他的本事，就连种地也并不擅长，不是走投无路，他不会去和田地打交道。他是被我逼的……哥，我感觉自己现在活得不像一个人，身体轻飘飘的，像个鬼魂在人间游荡。"

阿卫啜泣着吞下一杯啤酒，打了个饱嗝，眼神已经迷离。

"哥，我真倒霉，要是再咬牙坚持一段时间，不要被那些催债的给吓倒，说不定我的房子、车子，还有老婆都还在。"

阿卫说得没错，他真是时运不济。他破产后没多久，国家开始新一轮扫黑除恶专项行动，许多暴力催收平台为此惹上官司。和阿卫一同借款的同事，就因为拖着没还钱反而逃过一劫。

那天晚上，阿卫喝得酩酊大醉，我打车把他送到住处——一间动迁房的阁楼里。我把他扶到床上，脱去鞋子。我打开冰箱，准备找口喝的，发现里面空空如也，只有半罐啤酒、一碟剩菜。我跑到楼下超市，买了一大袋零食，把冰箱塞得满满当当。

回程时，在前往火车站的途中，望着车水马龙霓虹闪烁，我忽然想到阿卫的话：人间游荡。

时隔两年，我得知阿卫离开苏州，前往了武汉的工厂。他对我说，已经慢慢还完了网贷，下一步打算分步偿还亲友的欠款。这时，我想起三叔的话：只要还活着，就有希望。

前两天，我看到阿卫新发了一条朋友圈："或许是为了心中那一丝光，繁忙且充实，通宵达旦，习以为常。"

12

那些落入骗局的人

如果你问我，平时在火车站广场上什么事出现频率最高，答案无疑是"问路"。我刚参加工作那会儿，面对旅客的问询总是面带微笑，耐心详细地解答。但时间长了，成百上千个旅客询问同一个问题，难免有些心烦。

S站的人工售票厅和火车站主体建筑中间隔着一条地道，很多人到了广场上找不到买票的地方。旅客当中有的不识字，他们一开口，问哪里买票，我便会大手一挥，指向东边。有一次张小凡开玩笑说："武功练得咋样了？"我问什么武功。他说："就是广场民警的招牌动作，我们都管那招叫仙人指路。"

一天下来，我胳膊酸了，嗓子哑了，只能自我调节，不得不省去说话的环节，动作直指售票大楼。有的旅客见我不说话，低声嘀咕着："怎么警察哑巴了？"每当那时，我也懒得反驳和解释。无论说与不说，只要旅客能找到目的地就行了。

有一次，一位大叔走过来，理直气壮道："售票处怎么走？"我刚抬起手准备给他指路，没想到他又说："我告诉你，你好好说啊！说得不对，我可投诉你！"

好家伙，这大叔俨然一副天下是他家的气势。我指了指胸前的警号，说："这是我的警号，你知道找哪个部门投诉吗？不知道的话我可以提供电话号码。"

他涨红了脸想跟我理论，这时他的同行人走了过来，一把将他拽走："警察同志，不好意思，他喝多了。"

面对这种奇葩警情，我们尽量克制情绪，借用电影《美人鱼》里的台词："我们是专业的，我们不会笑，除非忍不住。"

我承认，那一次我就没忍住。有一天我在广场巡逻，一个矮胖敦实的男子朝我走过来，眼神鬼鬼祟祟的，走到我跟前，他突然掏出一张旧报纸，只见粗制滥造的报纸上赫然写着"重金求子"的标题。还没等我问，他就对我说："警察同志，我被骗了。"

我上下打量着他，问："你被骗了什么？"

"三百块钱。"

我接过报纸，这纸张的质量比厕纸还差，明显能闻到一股刺鼻的油墨味。我问他报纸哪儿来的，他说在售票处角落里捡到的，看到上面"重金求子"的广告，不禁心潮澎湃。报纸上的广告载明：

此女乃三十岁左右的美丽少妇，丈夫是富豪，因病不育，不得已重金求子，并且有律师公证，欢迎广大健康男子踊跃来电垂询，机不可失时不再来，一旦成功怀孕，男方将获得十万元酬谢金。

这类广告经常出现在电线杆上，和办证广告争抢地盘，没想到居然真有人相信。再一细问，这男子按照电话打过去，被要求提供一笔保证金，作为预留名额的定金。对方开口一千，这男子全身上下只有三百块，一番讨价还价，最终对方被他的"诚意"感动，同意降低保证金，就要三百。他把钱汇过去，再打电话，对方就拒接了。他越想越不对劲，没了盘缠，他有家难回，不得不求助于警方。

"警察同志，你说，对方不会是骗子吧？"

我望着他，哭笑不得，反问一句："你觉得呢？"

又过了几天，我坐在广场西侧的樱花树下休息，来了一个骨瘦如柴、颧骨凸出的男子说自己被骗了。

"怎么被骗的？"

他一脸愁容，说三天前在某网站看见一则招聘信息，公司急需平面模特若干名，不仅待遇优厚，更有机会成为大明星。对方面试时告知须到指定医院体检，通过后方能签约，然后对方发给他一个账号，让他把体检费交一下。他抱着舍不得孩子套不着狼的心态将五百块打过去，等待体检医院的通知。结果一周过去，没了音信，他打对方手机，发现变成了空号。

我问他报过警没，他说报过了。我无奈地说："既然报过警了，为什么又报一次？我们是铁路警察，只管火车站这一块。"

"我没钱买票了，我想回家。"他终于表达了真正的诉求。

我摘下帽子，从帽檐儿内侧抽出一张小字条，上面是救助站的地址，我把字条递给他："你拿这张字条，坐102路公交车，在救助站下车。"

他捏着字条，还不肯走。我又问他还有什么困难。

"没钱坐车。"

我指指他手中的字条："凭这个坐车，不收费。"

天下之大无奇不有。在南广场上我见识过无数奇人和奇事，也从中悟出一点儿感受。被骗者之所以上当受骗，常缘于内心的欲望。俗话说得好，想巧有当上。

骗子的可恨之处在于，他们深谙人性的弱点并加以利用。凡遇见天上掉馅饼的好事，一定要提高抗风险意识。掂量一下这馅饼为何偏偏掉在了你的头上，说句不中听的话，人贵有自知之明。当有人找你当模特，你总要照照镜子吧。

我还碰上过两件奇奇怪怪的事，都和男女情感之事有关。

先说第一件事，一个酷暑午后，火热骄阳的威力波及整个广场，我把巡逻车停在西广场的一棵梧桐树下，走到小卖部买了瓶冰镇可乐，"咕咚"灌了一大口，别提多解渴了。

天气炎热，人也净挑阴凉的地方行走，有时宁愿绕点儿路，也不愿意受烈日的烘烤。我刚准备喝第二口可乐，对讲机里就传来呼叫，让我赶到东广场的一家旅馆，那里有人报警。我把可乐盖子拧上，踩下油门，向东广场疾驰。

我把车停在过道口，穿过地下通道就到了。

"警察来了。"一个男人说着迎了上来。

"你报的警？"

他重重地点点头，正当我让他出示身份证时，他火急火燎地说："警察，你赶快吧，那对狗男女就在楼上，你让前台报出房间号。"

我一怔，板着脸道："什么狗男女，说话注点儿意。请出示身份证。"

他极不情愿地掏出身份证。

"我老婆背着我和一男人偷情，我让前台给我房号带我开门，她不肯。我就报了警。"

我抬眼一瞟，这家伙显然有备而来。我肯定了前台的工作，说，这是个人隐私，无权向外透露。

"我是她老公，又不是外人，总有权知道她在哪个房间吧？"

"假如知道你老婆的房间号，你想怎么办？"我试探性地询问道。

"哼，怎么办？后面的事就不麻烦警察了，我自己解决。"他拍着胸脯，信誓旦旦道。

146

"我就怕你自己解决。看你这架势，是要动粗？我可告诉你，只要动手了，就是殴打他人，要承担法律责任。"

他咬牙切齿地嘀咕一句："承担就承担……大不了进监狱。"

凶杀案中，有很大的比例属于情杀范畴。我不得不打起精神，思考着如何解决这件事情。

我把报警人叫到一边，和他聊了几句家常，目的是了解夫妻二人之间的感情状况。他们的问题是两地分居造成的，他本人不想离婚，可就是咽不下这口气，所以想把那男的教训一顿。

"既然你还想和她继续过，那就没必要把事情做这么绝。你看呢？"

他沉吟片刻，点点头。我松了一口气，他好歹恢复了一些理智。后来这事儿怎么结束的？我只能告诉你，后来是夫妻俩一起出的旅馆，看着好像什么事儿都没发生过一样。

这算什么事，我也不清楚，大抵可以用"人间事"来概括。

类似的事情我还遇到过一次。那次我在地下车库帮一位把行李遗忘在出租车上的旅客看完监控，走出车库，却瞧见进口处有三个男人正拖着一个跪在地上的女人往站里走。那女人哭天抢地，迅速引来一众人围观。我赶紧上前询问情况。

为首的男人说："这是我老婆，偷偷跑出来打工，已经一年多没回去了。她在外面有了男人，我要和她离婚！"

我指指另外两个男人，示意先放手。大庭广众之下把一个女人按在地上，这情形谁都看不过去。

"她是你老婆，你就这么对她？哪怕是离婚，也好好说，为什么动粗？"

地上的女子被放开后，抱着我的小腿泪水直流。

"你先别哭，有事说事。"

女子叫冯翠翠。她说道："我嫁给他不到一个月……每星期都挨打，他喝醉了就发酒疯，我实在受不了，就跑回了娘家。我爸也不管，还让我回去。我只好回去，过了半个月才逃出来。警察同志，求求你一定要救我。"

冯翠翠的老公叫朱明友，他态度坚决，要么今天把人带回去，要么就让冯翠翠把彩礼钱如数退还。

冯翠翠说自己卡里有两万块，剩下的容她慢慢还。朱明友不答应，怕她经此一遭又躲起来。

我把当事人带进值班室，让朱明友认清形势，他要带人回去无非为了钱。在朱明友的老家，结婚的彩礼作为一种风俗已经变了味。翠翠收到的彩礼钱用来给她弟娶媳妇了。她当初压根就没看上朱明友，父母劝她不为自己考虑也要替弟弟的终身大事着想，没有这笔钱，弟弟很可能打光棍儿。

她嫁到朱家时，也曾想过嫁鸡随鸡，好好过日子，可朱明友一喝酒就打她，彻底打消了她与这个男人共度一生的想法。

逃离，只有逃离才能获得新生。

她不辞而别，逃到 S 市。没有学历，没有技能，能做的工作只能是体力活儿。她进过电子厂，当过传菜员，最后在同乡的介绍下进入按摩店上班，上午十一点营业，凌晨一点下班。进了值班室，我让朱明友把手机还给她。一开机，未接来电十几个。都是同一人，"小梁"打来的。

"这个小梁是你什么人？"朱明友看到一排未接来电，质问冯翠翠。

"他……是我朋友。"

"男朋友吧？"朱明友一针见血地指出。她垂下头，没有反驳，算是默认。

"你不跟我回去也成，把钱凑齐给我，我就打道回府，从此井水不犯河水。"朱明友让她问小梁要钱。

她出门打电话，把困境和小梁一说，提出借点钱渡过难关。对方倒也实诚，说："我什么家底你不清楚吗，我哪儿来的钱？"

小梁的确没钱，甚至有时还从她这儿借钱。他们只是露水姻缘罢了。这通电话一打，也宣告她和小梁的关系结束了。

挂断电话，她就一直抹眼泪。她的无助、绝望，连我一个外人看了都觉得心酸。

朱明友不放心，扒着门缝看，就怕冯翠翠跑了。她抹了会儿眼泪，走进值班室，还没落座，就撂下一句话："朱明友，你要是再逼我回去，我就死给你看。"

这句话既是警告，也是走投无路时的绝望。

冯翠翠冷不丁抛出的这句话使朱明友愣了半晌。他怔怔打量着她，觉得她自打完那通电话仿佛换了一个人。

"跟我回去吧，我保证戒酒，再不对你动手了。"

冯翠翠白了他一眼，显然不信。她冷笑着说："那张结婚证像大山似的压着我，我得把它移开。等我把钱还清，咱俩就去民政局离婚。"

口说无凭，朱明友又让冯翠翠写了张欠条，签字摁印，才算放心。

此刻的冯翠翠已经如释重负，她淡然一笑，说道："我不偷不抢，靠劳动挣钱，总有一天还得上这笔钱。"

这话像是说给朱明友听的，更像是说给她自己听的。

老话有云：宁拆十座庙，不毁一桩婚。可这毕竟是老话了，劝和还是劝分得视具体情况而定。譬如冯翠翠的婚姻，是不幸且无法维系的，离婚反而对双方都是一种解脱。

一纸结婚证，本该是幸福的见证，不应成为束缚一个人自由的枷锁。

13

那个仰望星空的人

2017 年秋天，我休三天假，特意去了趟 N 市看枫叶。N 市南站出来，一抬头竟遇见了老熟人敏哥。

敏哥全名王嘉敏，我印象中带敏字的同学大多是女生，唯有这个王嘉敏例外。当时他正在火车站出口处执勤，并未注意到我。我一眼认出了他，低着头缓步朝他走去。

我靠近他时，他突然提高警惕，后撤一步，朗声道："喂，干吗的？"

我一抬头，他才把按在枪套上的手缓缓挪开，笑道："是你呀，老同学。"

"咋啦，以为我是刺客啊？你警觉性倒挺高。"

"不高不行啊，这家伙的安全比我还重要。"说着，他拍拍转轮手枪的枪套。

他将我引到一旁的值班室，用略带埋怨的语气道："来 N 市也不提前打个招呼，搞得跟督查暗访似的，有这个必要吗？"

我说："本来打算看完枫叶约你小酌一杯，没想到一下车就碰到你小子，缘分啊。"

他笑着说："小品台词都搬出来了，你咋不说那句歌词呢？"说罢他唱了起来，"遇见你是我的缘，守望你是我的歌……"

我赶紧做了个暂停的手势制止他再唱下去："别唱了，后面的歌词有点儿肉麻。"

他意犹未尽地收住歌声，起身给我泡茶。我抿一口热茶，两人开始瞎聊，起初聊工作，发现没什么可聊的，又聊孩子，不知怎的，就聊回了大学的时光。

我们同在一所警官学院就读，他读信息管理系。因为宿舍楼的形状像一个大写的英文字母 E，因此又称 E 字楼。我们的宿舍同在四楼，我隔窗能看到他的窗台。

敏哥呷了一口茶，问我是否还记得毕业时的那场大雨。我答，印象深刻。

每到毕业季，E 字楼下通常空空如也，平时停在下面的教职工私家车也都悄无声息地挪走了。毕业典礼在六月下旬举行，只有开过典礼，毕业生才能拿到毕业证和学位证。毕业典礼前后，散在五湖四海的大四学生齐聚一堂，开启最后的狂欢。典礼一结束，我们就彻底解放了，一拨人拥到各大饭馆，敞开了喝，再相互搀扶着回到宿舍。这时接近深夜，每年的压轴节目即将登场。

这天从中午就开始下雨，因为怕毕业生闹事，学生会特意加派人手盯着宿舍楼的一举一动。

庆祝方式我们从大一开始已经观摩了三年，这一活动被私下称为"警院春晚"。今年终于轮到我们登场，自然不能让师弟们失望。

十点半左右，信息管理系率先发出信号，预示着毕业表演正式拉开帷幕。信管系四楼有人抛砖引玉，把积攒一学期的啤酒瓶从床底下掏出，像扔手榴弹似的，一个个扔向天空，"砰砰砰"，落在青砖地面上摔得粉碎。

他们一边扔，一边像军训拉歌那样"挑衅"似的高喊："法律系，来一个！"

我方不甘落后，只见有人拎着一只水桶来到窗台上，对面手电筒光像舞台灯光似的齐齐落在他身上，他举了举手，示意大家看好了。

对面响起一阵起哄声，似乎对那只塑料桶不甚满意，毕竟塑料桶摔到地上，没什么大声响。今晚的表演是看谁弄出的动静大，动静大就会得到呼声和掌声。

那家伙把手放下，突然从口袋里掏出一个打火机，只听"嗞"的一声，他点燃了导火线。原来桶里装着一长串鞭炮。他故意在桶盖上留出一个眼扯出引线。就在鞭炮即将爆裂之际，他将桶抛向半空，塑料桶变成了一个火药桶，顿时火光四射，"噼里啪啦"一阵乱响。

这一创意获得一阵激烈的掌声，我方有人吹着得意的口哨声向对面宣战。你方唱罢我登场，接下来自然看信管系的了。

我看了三年"警院春晚"，将炮仗元素加入其中尚属首创。后来我听一个师弟说，次年警院春晚又上了一个档次，鞭炮被换成烟花，有人手持烟花筒冲天空发射。不过这一创举因为有引发火灾的危险，仅登台一次就被彻底封杀了。用院长的话说，你总不能指望每年毕业季楼下都停着消防车待命吧。

继续回到当晚。信管系看武的不行，改换文的。他们派出一个乐队，打开音箱，开始唱起歌。不得不说，此举另辟蹊径，也制造了不小的轰动。一首《老男孩》，唱着唱着，变成了大合唱。再唱着唱着，有人哭了。

哭泣，是毕业季不可缺少的元素。加上应景的歌词，更容易令人情绪失控。

"青春如同奔流的江河，一去不回来不及道别，只剩下麻木的我，没有了当年的热血……"

后面节目大多雷同，就是不同的人把不同的物件抛向天空。有人扔暖瓶，有人抛硬币，还有人把带不走的旧物丢向空中。还有一位同学，把白床单扯下，在上面挥毫写了几个大字——青春再见，后会有期。

聊完大学，话题不知怎么扯到了我的写作上。敏哥笑着说："大作家这次来 N 市是不是来采风的？"

我苦笑道，不是采风，是踩枫叶。

他喝一口茶，问："你最近在写什么故事？"

听他这么问，我就知道他有话要对我说了，于是故意沉默着等他先开口。

"这样吧，我给你提供点儿素材。你知道伟哥吗？"果不其然，他"上钩"了。

"哪个伟哥？"

"还能是哪个，就咱们新警培训班的洪伟呀。"

"哦！他怎么了？"

"他被单位辞退了，不对，好像是自己辞职的。"

我脑海中浮现出伟哥的英姿。如果用一个词来形容他在我脑海中的印象，非"古怪"莫属。再通俗点儿讲，他就是一个奇葩。记得当初在新警培训班，他穿着一双绣花红袜格外显眼，起初我们以为他是本命年，也没当回事。可第二天集合前往食堂时，这哥们儿腋下竟然夹着一个红色长条钱包，上面绣着两朵花，既像玫瑰又似牡丹。他说，那是纯手工制作。

一时间，伟哥的钱包成为校园内的舆论焦点。本来封闭式训练枯燥无聊，伟哥这一操作犹如把一块大石头投进一片寂静的湖面，顷刻间荡出一层巨大的涟漪。

负责带班的教官发现这一苗头后，不可避免地找他谈话，虽然我们不知具体谈了些什么内容，但从效果来看，几乎为零。第二天，伟哥依然我行我素，将原先夹在腋下的钱包抽出，大摇大摆拿在手里，随着队列行进而前后甩动，丝毫不在意旁人甚至教官的目光。

培训班结业后，我再也没有听说过伟哥的"光荣事迹"，没想到王嘉敏一开口就吊足了我的胃口。我催促他详细说说。他悠然点着一根烟，像说书先生似的清清嗓子，开始讲述。

面对我的第一个问题，伟哥为何离开，敏哥是这样回答的。

"因为他在一个月光皎洁的夜晚躺在铁轨上仰望星空，差点儿被火车给轧死。"

换作别人，我嘴巴肯定张得老大，但此事发生在伟哥身上，可不算太意外。毕竟他做过的奇事不在少数，但能拿自己的生命开玩笑，我倒还是第一次听说。

"他……该不会是想自杀吧？"我摩挲着胡茬儿，疑惑不解。

王嘉敏摇了摇夹烟的左手，烟灰倏然抖落，他说："多亏一个检修师傅发现，冲他大喊，火车来了。他像聋了似的，岿然不动地平躺着。眼看来不及了，师傅冲过去，一把将他连拉带拖带到另一条轨道上，这时一辆东风机车头呼呼驶来，司机见到有人，刹车都来不及，不停地鸣笛。"

听到这里，我又冒出了一个疑问："他为什么要躺到铁轨上，动机是什么？"

"你怎么跟小孩子似的，这么多为什么，能不能听我把话说完？"敏哥举着烟屁股，像拿着话筒。我右手一摊，示意继续。

这件事惊动了所长。所长把他喊到办公室，一看这家伙居然耳朵上还挂着一对耳机，气不打一处来，指着洪伟的耳朵暴吼，叫他把耳机摘下来。

看来耳机不怎么隔音，他听到训斥，登时摘下耳机，笔直站着。所长气鼓鼓地问："你小子没事儿躺到轨道上干吗，不想活了吗？"

你猜洪伟怎么回答？他不冷不热道："天怪热的，铁轨上倒是挺凉快，我躺着看星星呢，正好想点儿心事。没想到那趟车天天晚点，今天倒准时了。"

所长一听，哭笑不得，好在没出人命。大木桥站是个小站，一天没几趟车经过，旁边有个货场。洪伟是两年前才调过来的，他之前在大客站工作，时常和旅客发生矛盾，同事关系也不和谐，因此被"发配"到大木桥站。

敏哥深谙讲故事的原则，没有继续讲下去，而是又举了几个我们主人公的事例。

譬如，伟哥刚上班时，和一个老师傅搭班。老师傅摆架子让他干这干那，他实在气不过，等老师傅再安排他干活儿时，直接回呛了一句："你那么厉害，自己怎么不干？"

这老师傅有点儿心脏病，被呛之后赶紧掏出速效救心丸，直往嘴里塞。

还有一次，某旅客问他凯旋路怎么走。他回答，用脚走。

更有甚者，有一次上级督查暗访，查到他在巡逻车上坐姿不雅，当场指出："你这么坐着有点儿难看吧？"

没想到洪伟淡淡回了句："唉，我的工资单比这还难看呢。"

洪伟的所作所为一点点自下而上，从队领导传到所领导再传至处领导，一年后，他被调离大客站。有人提议，让洪伟去跑车，这个建议被领导否决了，理由是，车上只有一个乘警，万一他搞点儿事情出来，连个给他擦屁股的都没有，万万不可如此冒险。

来大木桥站之前，他在李家湖线路警务室工作。那里只有一个警组，三人轮班。一个月后，洪伟就逐渐放飞自我，工作之余绝不多说一句废话、多干一件活儿，而是买来锄头与铁锹，埋头开垦后院的荒地，过起了"躬耕于南阳"的乡野生活。此消息传至单位，他还以为是轮班搭档告自己的状，从此不再给二人送菜。

一次会议上，上级领导对李家湖站刘所长说："听说你们所那个叫洪伟的，现在过起了隐居生活，在后院种上了玉米和高粱？"气得刘所脸都红了。

洪伟逐渐适应了李家湖站，日子过得如鱼得水。

直到年底工作会议上，刘所再次碰到领导，委婉提了想把洪伟调走的事儿。

没等他说完，领导笑着问："玉米收成怎么样？"

刘所回过神来，哭笑不得道："早吃光了，那段时间洪伟天天炖玉米棒子。"

一个月后，洪伟接到一纸调令，去了大木桥站。

人尚未到，声已远播。伟哥的到来给沉寂的大木桥站带来了新的谈资。一时间，人们争相一睹其真容，但见了本人，大多数同事觉得伟哥长着一张大众脸，似乎没什么特别的。

大木桥站每日过往列车不超过两位数，有的慢车在这儿一停就是一个钟头。那时，火车会在这里增加补给，列车上的乘务员会借机下车透透气，有的在站台抽烟，有的闲谈，还有的出站吃口饭或者打包点儿食物回车上。每当有车子到达，洪伟就从桌上拿起大檐儿帽扣在头上，懒洋洋地把武装带系在腰间，他先在站台溜达一圈，然后缓缓凑到列车员聊天的小圈子旁。正躲在角落抽烟的女列车员一抬头，看见洪伟正冲她们微笑。

其中一位列车员打趣道："我跑这线路十来年了，第一次在大木桥站见到这么年轻的警察。以前的老师傅呢，退休了？"

列车员话里夹杂着揶揄。大木桥站因为地处偏僻，过路车少，工作量相对较小，所以一些上了年纪的老同志挤破头想来这里。

伟哥此番调动，甚至引得一些人从旁羡慕，毕竟这个岗位被很多人觊觎。

不出仨月，洪伟就和列车员打成一片，每逢车子停靠，他准时出现在站台，和列车员有说有笑地海侃一通。长此以往，他竟然和其中一个女列车员有了来往。他知晓车子几时到达，通常提前准备好"爱心便当"送给女列车员。女列车员无意和他交往，不堪其扰。

可洪伟的思维和常人不同，别人越是拒绝，他越是兴奋，他以为拒绝就是一种爱情的博弈，她故意这么做，为的是考验他，看他是否真心。三番五次被表白，女列车员实在憋不住，有一次在站台上，她直言不讳道："我不喜欢你。"

伟哥回了一句："我不在乎。"

女列车员哭笑不得，摇着头回一句："我在乎。"转身进了宿营车，从此消失在他的世界里。不过，后来每当这趟车停靠，他仍会提前守候在站台上，望眼欲穿地巴望着她的出现。

列车长见他"一片痴情"，悄悄告诉他："别等了，人家换了岗位，就是为了远离你，天涯何处无芳草，何必呢？"

自此，洪伟才死了心。

此后，他窝在值班室闭门不出，超出工作范围的事儿半点儿不肯做。有车经过或停靠，他就隔着窗户看，等到站台空了，才到站台上来回踱步，每次走半个小时，闹钟一响，准时返回值班室。

洪伟如此惬意地工作，引发同事们的不满。自此以后，同事们自觉远离洪伟。洪伟本就不喜欢凑热闹，如今遭到孤立，反而乐得清闲。他模仿老民警，每天上班泡杯茶，拿出一对核桃，一盘盘一天。一日，他不知从哪里听来的方法，说是用微波炉加热核桃可以加快包浆，便将一对官帽核桃置于微波炉中，转着转着，里面响起"噼里啪啦"的爆裂声，一对核桃硬生生被热熟了。他也不因此气馁，而是把核桃掰开，塞进嘴里，津津有味地咀嚼着，边吃边说："好吃是好吃，就是有点儿贵。"

核桃"牺牲"后，他又觅得"新欢"。下班后，他向附近村民打听蝈蝈的下落。村民问啥是蝈蝈。他说，就当它是蟋蟀吧。村民又问，啥是蟋蟀。他说，就是蛐蛐儿。这下村民才恍然大悟似的点点头，指了指不远处的一个大土堆："你去那里找找看。"

到了晚上，漆黑一片，他腰间系着一圈空矿泉水瓶，每个瓶子都被他用针扎了几个孔透气，走起路来"哐哐"作响。除此之外，他携带一只手电筒，以及一个由他亲手制作的小网兜，网兜绑在一截竹竿上，像捕捉知了的工具。他蹑手蹑脚地靠近大土堆，支棱着耳朵，果真听见一阵蛐蛐儿的叫声。

洪伟走到土堆前，忽然发现眼前立着一段残碑，手电一照，只瞧见"之墓"俩字，这时他才明白眼前这个大鼓包是个坟茔。

见此情形，他也不怕，一心捉蛐蛐儿，循声缓步朝声响大的地方走去。说来奇怪，那些蛐蛐儿仿佛知道他来了似的，悉数沉默下来。他知道蛐蛐儿怕光，灭了手电，俯身探耳，听得草丛中传来一阵窸窣声，料定蛐蛐儿就在此处。于是，摸黑伸手去抓，果然让他抓到一只。他转过身去，手电打开，见是挺壮的一只，就拧开瓶盖装入瓶中。

他一鼓作气，不一会儿工夫竟捉了六只，心里盘算回去后筛选出两只品相好的留下，其余放生。不料，他刚想离开，从黑暗中冒出几个人影将他包围。几只手电筒齐刷刷地照向他。

"他是铁路警察，我认识他。"黑暗中冒出一个声音替他解了围，接着手电的光不约而同游移到围在他腰间的矿泉水瓶上，这时，一个眼尖的村民发现了其中玄机，狐疑地问道："这大半夜的，你就为了捉几个蛐蛐儿？"

洪伟回呛一句："不然呢？"

"咱们还以为是盗墓贼呢！原来是个误会，大家都散了吧，各回各家。"发话的是一名村干部，他们转身离去时，洪伟才发现这帮人手中都抄着家伙，有的握着钢管，有的拎着铁锹，还有一位手里居然拿着一捆绳子。

他不禁思忖，这帮村民警惕性还挺高。

村民们一边走一边议论，即使他们压低了声音，但在静谧的夜空下，那声音仍然清晰透明，断断续续传到洪伟的耳边。

"你常提起的那个人就是他呀，怪不得呢！正常人谁会大半夜不睡，跑到坟地里捉蛐蛐儿。"

"嘘，你声音小点儿，他在后面呢。"

"怕什么，他是警察，又不是鬼。"

"不过这人还不错，我经常看到他给张老头送面粉。"

大木桥站因毗邻大木桥镇，由此得名。大木桥站有段线路，途经张庙村，因此派出所到村里宣讲铁路安全常识，洪伟也曾走村入户，不止一次深入张庙村。他刚来大木桥站那会儿，时常看到一个驼背老者艰难地蹬着自行车，车后座驮着从镇上采购的生活用品。此人正是张老头。他是村里唯一的五保户，一九六○年犯了事儿，在监狱里度过了大半生，去年刚出狱。洪伟在一次宣讲会上听闻了老头的故事。

张老头本名张武举，一九六○年闹饥荒时，他和哥哥张文秀在镇上觅食，瞧见一户富裕人家的男主人在门口津津有味地吃着烤地瓜。两个人顿时双眼冒光，不停地咽口水。他们倚在墙角，盯着男人。张武举忽然冒出一个念头，想去抢那男人手里的地瓜。张文秀拦住了弟弟。

那男人觑了一眼兄弟俩，不屑一笑，将地瓜皮扔在地上，转身进屋了。这时，张文秀赶紧小碎步跑上前，捡起尚有余温的地瓜皮，搁到鼻前嗅了嗅，分了一半给弟弟。二人正津津有味享受美食，不料那男人走了出来，他拿着一地瓜，看见兄弟俩狼吞虎咽，嘴角粘满锅底灰，淡淡笑了笑："走一边去，别在我家门口。"

兄弟俩悻悻然走到不远处的墙角，等待男人再次将地瓜皮丢到地上。

男人吃完地瓜，将地瓜皮往地上一扔，兄弟俩不约而同抬起脚步，只等那人进屋。不料男人转了两步，忽然又折了回来，他走到地瓜皮前，用脚将地瓜皮跺得粉碎，一边跺还一边喃喃自语："我让你吃，我让你吃。"

这一举动在兄弟俩的内心里下了仇恨的种子。当天夜里，兄弟二人潜入院子，摸索到房门前，将一把铁锁扣在门环上，把玻璃瓶里的煤油顺着窗户倾倒，哥哥拿出火柴，点燃煤油，火苗顷刻蹿了起来，顺着窗户缝隙钻进屋里。

那家人的女主人葬身火海，男主人死里逃生，但这还不是故事的结局。在男主人的指认下，警察很快找到了兄弟二人。哥哥一口咬定，所有事情都是自己一手策划和实施，弟弟只是跟他去而已，没有动手做任何事。硬要说做了什么的话，也只是望风和给他壮胆而已。

弟弟默认了哥哥的说法。

有人说，这是兄弟俩串通好的，哥哥试图承担一切罪责，保弟弟一命，保住整个家的希望。法院判决下来，哥哥是死刑立即执行，弟弟被判了无期徒刑。

弟弟没想到有生之年还能减刑出狱。他回到村子时，寻了很多老人才探问到父母的坟在哪里。

每逢清明，伴随着缕缕烟雾，后人会为先辈们的坟添上几抔新土，长此以往，老坟才不会因为雨水冲刷而消失。可弟弟站在一堆荒草前，看不出一丝坟地的迹象。两座坟几乎消失在这片平原上，曾经隆起的土包无人添坟，经历风吹雨打，已然接近平地。

张老头出狱后，家乡物是人非，村里安排人在其旧宅位置盖了一大间瓦房，这便是他的新家。洪伟造访村子时，原本要去沿线小学搞爱路宣讲活动，宣传铁路沿线应该如何注意安全，如禁止在电气化铁路两侧放风筝、气球、孔明灯等低空飘浮物。倘若铁路沿线有村庄，还要向村民们宣传，不能让牛羊等牲畜进入线路内。

　　宣讲活动结束后，他经过村子西边，看见一间孤零零的小房矗立在碧绿的麦田边，像漂在大海上的一座孤岛，不禁产生一丝好奇。恰好，他看到那个驼背老头骑着自行车停在小屋前。

　　他骑电动巡逻车过来，张老头看见穿制服的警察，立刻双脚并拢，尽量立正站直。这是他在监狱养成的习惯。

　　洪伟连连摆手。张老头听了他的解释才明白，眼前这个人是铁路警察，只管和铁路有关的人和事。尽管如此，他还是客客气气地邀请警官进屋。洪伟并无进屋的打算，他的视线被房子一旁的简易石棉瓦棚吸引。

　　他指了指那个棚里的稻草，张老头会意，走过去掀开稻草，下面藏着一口棺木。

　　"这是？"

　　"我的家。"张老头说完，觉得不妥，又纠正道，"这是我以后的家。"然后，他指指隔壁房屋，"这是我现在的家。"

　　洪伟感慨万千，化作一声叹息。后来，每个月他都会到访这间"与世隔绝"的小屋，带点儿粮油或食物。一来二去，他竟然和村里人口中的"放火犯"成了朋友。

多数人讨论洪伟，只单纯把他当成一个笑话在讨论。而我看到的是一个悲剧。

话题回到洪伟本人身上。因为他躺在铁轨上仰望星空，差点儿酿成事故，上级为此专门开会，结论是，洪伟不再适合从事人民警察工作。接下来，单位要将其劝退。

但是洪伟不愿主动辞职。单位只得专门派人登门拜访他的父亲。调查人员来到苏北某乡镇，找到洪伟的父亲。眼前的景象令他们大吃一惊，和附近村民的小洋楼相比，洪伟的家显得有些寒酸。三间平房，一座红砖堆砌的小院，这便是他的家。

洪父见儿子单位的人突然造访，心底隐隐萌生一丝不安。他慌张地问："是不是洪伟闯祸了？"

"没有的事。我们只是例行家访，您不用紧张。"调查人员都不忍心说出真相。

等调查人员要走了，洪父热情挽留，说："你们远道而来，无论如何也要留下吃顿便饭。"

"不了，我们还要赶着去另一家呢。"

洪父站在门口冲他们挥手告别，驾驶员看着后视镜里的低矮平房及洪父孤独的身影，一瞬间竟红了眼眶。回到单位，禀明实情，上级领导也动了恻隐之心，不过有了那次卧轨仰望星空事件，洪伟已然成了单位里的一颗定时炸弹。

有人建议，给洪伟做个权威的心理测试，以确定他是否患有心理疾病。这个提议刚提出就被否决了。

"他能正常考上大学，通过公务员考试，就证明他能力没有问题，可能只是有点儿另类而已。但这也挺要命，你说，他要是那晚被火车轧死了，得有多少人跟着倒霉呀。"

"也是。"

话说洪伟"卧轨"事发当晚，所班子曾经紧急召开会议，政委提议给予洪伟关禁闭处罚。所长不敢冒险，怕万一他想不开寻短见。

一周后，洪伟躺在值班室的沙发上，地上摆着一排空酒瓶。暗哨发现，洪伟居然在工作时间公然饮酒，于是立刻汇报。所长得知消息，马上带着酒精测试仪赶往现场。

一进屋，众人便被一股浓浓的酒气包围。所长厉声道："洪伟，你好大胆子，敢在上班时间喝酒。"

所长举着酒精测试仪，瞄准洪伟的嘴："来，吹气！"

洪伟说："吹什么吹，我又没喝酒。"

所长怒道："醉汉没一个承认自己喝醉的，你说没喝酒，这地上的空酒瓶怎么解释？"说着，他将吹气管塞进洪伟口中，让他吹气。

没想到洪伟格外配合，他腮帮子一鼓，憋足一口气，用力一吹，差点儿把吹气管给撑破。

所长盯着屏幕指示灯，绿色的灯不停闪烁，他怀疑这仪器有问题，又测了一次，结果依然是绿灯。

"不对，不对！这仪器肯定坏了。"所长拍着脑门，觉得眼前的一幕不可思议。

在场的人一致认为仪器出了问题，根本没人相信洪伟的话。所长给交警支队打了电话，专门让人送了个酒精测试仪过来。更换仪器后，检测结果依然没有变化，这下所长彻底蒙了。

"你到底喝了没？"

"我说没喝，你不信。我现在说我喝了，你信吗？"洪伟的话虽玄乎，可人十分清醒。

所长的额头上布满汗珠，一言不发地抽着烟，仿佛明白了什么，他被洪伟这小子给耍了。那些酒肯定被他倒进了马桶。

可是他为什么要这么做呢？所长想不通，也懒得想，在他眼里，洪伟就不是正常人。

本想逮着这个机会，以上班饮酒的名义将其辞退，不料被这小子反将一军，陷入被动。此事发生后第二天，消息传了出去，被人戏称为"醉酒门"事件。

一个月后，洪伟忽然不再坚持，主动递交了辞职申请。无人知晓他辞职的具体原因。有人猜测，"醉酒门"事件让他寒了心，那肯定是他故意策划的一起充满试探性的事件，就是要看看单位的态度。假如所长信他，也许他还会继续留任。种种迹象表明，单位已经容不下他了。

他活成了别人眼中的累赘、同事口中的"疯子"。

提交辞职信的当晚，他离开了大木桥镇，两只蛐蛐儿被他放生。没有告别，没有送行，洪伟像夏末的蝉一样，悄悄离开了树枝。

没人知道他去了哪里，但每当人们提起洪伟时，总会响起一阵欢笑、一阵唏嘘。

"怎么样，这故事能不能写成小说？"敏哥的问题将我拉回现实。我脑海中忽然冒出一句词："别人笑我太疯癫，我笑他人看不穿。"

"说实话，有机会我真想见见洪伟，和他聊几句。"

"拉倒吧，说不定此时此刻伟哥正在哪个山头听着蛐蛐儿叫，仰望星空呢。"敏哥说道。

"那就祝福他找到自己的那片天空吧。"我说。

生活中，我们身边常会出现一些奇怪的人，他们特立独行，不囿于人情世故，坦然做自己。我们有时会嘲笑他们脑子有病，有时也会暗自佩服他们敢于向陈腐单调的生活说不。我们时常讨厌他们，却在生活的某个瞬间想成为他们那样的人。

当我们认为别人有病的时候，是否扪心自问过，难道我们就是个完完全全健康的人吗？

当我听说洪伟的故事时，很想一笑而过，笑过之后，心底又隐隐为他的现状而好奇和担忧。自始至终，我没有和他说过一句话，不知为何，却感觉像是失去了一位老朋友。

14

我的孩子不见了

2018 年冬天，天气骤寒，太阳隐匿不出，我开着敞门巡逻车在火车站广场上巡逻。敞门，是比照"敞篷"一词，因其两边无门，酷似高尔夫球场上的电瓶车，我们私下也戏称巡逻车为"高尔夫敞门超跑"。人潮汹涌时，超跑立马变乌龟，我宁愿下车步行，也不愿挤在人群中龟速挪动。

南方冬天湿冷，风里也夹杂湿气，这季节我便会把那顶警用雷锋帽扣在头上，裹起两只耳朵，脚穿加厚长筒袜，即便这样，车子开动起来，仍觉得有冷风顺着裤管、袖口往里灌。为了少灌点儿风，我把车停靠在南进站口，那里视角颇佳，抬眼一扫，可观广场全貌。

正当我用视线巡逻时，一位中年妇女急匆匆朝我跑过来，她喘着大气，没等停稳，就焦急地说："警察同志，我儿子不见了。"

"你先别着急，他是在哪儿走丢的？"

女人指着广场中间钟楼下的花坛说："就在那里。我上个厕所出来，他就不见了。"话没说完，女人眼里噙着的泪花"哗啦啦"流了出来。她激动地拉着我的手："求求你，快点儿把他找到。"

我问女人："你儿子今年多大，穿什么颜色的衣服？"

"十五岁，穿一件黑色羽绒服，白色运动鞋。"

我掏出手机，打开备忘录，记录男孩的姓名及体貌特征。因为他已经十五岁，所以暂时排除了被拐卖的可能。我把信息发送给指挥室广播找人，随后把他的妈妈带到值班室，让她吹吹空调暖暖身子。可她说什么也不愿意待在这儿，执意要出去找儿子。

"十五岁的孩子，都半个大人了，你不用太操心。你听，广播寻人启事正播放着呢，你就安心坐会儿，我去调监控看看他往哪个方向走了。"我刚起身，女人也倏地站了起来，怀里紧紧抱着一个无纺布手提袋。

"你要信我，就安静坐会儿。"

她犹豫一下，坐回椅子，依旧抱紧手提袋。

"袋子里是什么东西，对你很重要吧？"张小凡师兄瞄了女人半晌，问道。那女人嘴上说没什么，手却攥得更紧了。据我观察，这对母子之间肯定发生了什么事，倘若让她出去找，人生地不熟的，万一男孩跑回来又找不到母亲，岂不是白费劲？

我来到监控室，打开正对着花坛的摄像头，输入女人提供的时间区间，按下回放键，果然看见画面中女人和一个男孩并排坐在钟楼下的花坛边沿，女人握着男孩的手不停地说着什么，男孩始终保持沉默，间或用肢体语言回答女人。

我按下倍速键，以四倍的速度快进播放。等到女人起身离开男孩时，我又将播放速度调回正常节奏。画面里，女人走向广场西侧的肯德基，进去没一会儿工夫，手里就拿着一袋食品走回钟楼。她将打包的套餐递给儿子，坐在一旁静静看着他津津有味地咀嚼着汉堡。随后她从包里拿出半袋面包，撕一块塞进嘴巴，她吃了几口，将剩余的面包装回袋子，起身走向女厕所。

男孩吃完肯德基站了起来，他的目光四下逡巡，像在寻找什么东西。突然，他迈步朝西广场走去，走几步回头看一眼，见母亲依然没有出来，不由得加快了脚步。

我换了一个正对着西广场的摄像头，接着男孩的轨迹继续看。只见男孩走出西广场，在一家便利店门口驻足，过了两分钟，他又重新折回广场，大步流星地朝钟楼走去，走到一半，看见钟楼下空空如也，忽然一转身躲进了卫生间。

我又快进看了一会儿，确信男孩没有走出卫生间，便立即回到广场上。我隐隐感觉这男孩有点儿奇怪，至于哪方面我说不准，但当务之急是找到他。

希望他没事。我在心底默默祈祷，不由得加快步伐。我一进卫生间，瞥了一眼小便池，没有我要找的人，于是转身望向马桶隔间，门上清一色的红牌子，满员了。

我本来打算从左至右一个个敲门，没想到第一个就吃了闭门羹，里面这家伙正偷偷抽烟呢，一听说我是警察，他赶紧把烟灭了，说了句："等我一下。"

出师不利，我不得不改变计划。我在监控里看得清清楚楚，男孩穿着一双白色板鞋，根据这个细节，我决定由鞋找起。

于是，我蹲下来隔着门板缝隙挨个儿查看里面鞋子的特征。有一人正好开门，瞧见我往里瞅，说了句："你这警察干吗呢？"

我来不及解释，朝他做了个噤声手势，低声对他说："小声点儿，我正办案呢，有个嫌疑人躲进了厕所，你赶紧离开。"那男人听完，不顾腰带没来得及系，提着裤子慌里慌张地跑了出去。

我继续探查。这时，室内广播再次响起，依旧是那则寻人启事。我刚蹲下，还没来得及低头，便听闻对面的隔间传来一阵啜泣。

"你是高兴吗？"

高兴是男孩的名字。虽然他此刻正在哭泣。

他没有立即回答。我又赶紧补充说："我是警察，你妈找不到你都快急疯了，你要真是高兴，就把门打开，我们聊聊。"

啜泣声渐止，"咔嗒"一声，他拨开门闩，我往后退一步，门缓缓开了。他从马桶盖上起来，问了一句："我妈没事吧？"

"没事，就是挺着急的。"说着，我将他带往值班室。我问

174

他："你干吗躲起来，是不是和你妈吵架了？"

他闷不吭声，垂下头跟在我后面。

安全把人找到，我的任务完成了，他既然不愿意开口，我也就不继续追问。推门而入，我先进屋，女人抻长脖子一看只有我一个人，不免陷入失落，说了句："没找到吗？"

"找到了，人在外面呢。我让他进来，你们有话好好说。"说完，我往边上一挪步，让高兴进屋。

女人看见儿子，激动地上前抱住他，失声痛哭："你要是有个好歹，妈妈也不活了。"

高兴依旧很不高兴的样子，还流着泪。

"你去哪里了？妈妈都担心死了。"女人上下检查一番，发现儿子完好无损，才拭去眼角的泪水，嘴里喃喃道，人没事就好。

瞅着母子俩相拥而泣的场景，我的眼眶禁不住也湿润了。

高兴患有抑郁症，在当地专科医院治疗了一段时间不见明显好转，母亲打心眼里着急，于是筹措了一笔钱想着到大都市碰碰运气。到了 S 火车站，下车后两个人来到广场上，打算休息片刻直接去医院。不料趁着母亲如厕，高兴却偷偷溜了，他走到对面的便利店门口，又怕母亲找不到他伤心，便躲进了男厕所。

"你为啥躲在厕所里……是不是妈妈说错话了？"母亲颇为自责地问，她生怕一个不小心，再刺激到儿子。

没想到接下来高兴的一句话，不仅使母亲瞬间潸然泪下，连同我和张小凡都被感动得一塌糊涂。

高兴揩拭泪水，一字一顿道："妈妈，我不想看病了。我不想看到你为我到处借钱，我不想变成一个累赘。"

多么懂事的孩子啊，他躲进厕所，只是因为知道看病得花钱，而这些钱是母亲四处借来的。为了给他看病，母亲把房子卖了。那是离婚时她所分得的唯一资产，卖房时，她曾因此事和前夫大吵一架。前夫说房子是留给高兴的，她居然把它卖了。

她据理力争道："不卖房子，你拿钱给孩子治病？在你眼里是孩子重要还是房子重要？"

"都不重要。"前夫狠狠丢下这句话，从此躲得远远的。

高兴因为病情中止了学业，母亲一边打零工一边照顾他，短短两年时间，她一头乌黑秀发已然变得黑白参半，鬓角处的白发尤其明显。这一切高兴看在眼里，却又无能为力。他的情绪反复无常，多数时间保持沉默。

她将儿子得病的缘由归结为不幸的原生家庭。而这不幸的起点始于高兴八岁时父母的离婚。她当初执意坚持离婚也是为了儿子，她不想让儿子每天生活在吵吵闹闹的环境中。婚一离，前夫净身出户，这个家的确平静了不少。

可她没想到，高兴在不知不觉中变得寡言少语，经常把自己关在房间里发呆，有时一夜也不睡，就在房间里踱步。她坐在门口静静守候着，心如刀割。她意识到儿子生病了，得去看医生，却不愿意承认儿子得的是心理类疾病。

她曾一度后悔离婚，也许日子将就着过，儿子就慢慢长大了。为什么不能熬到儿子长大成人呢？她为此常常自责。

高兴的话让母亲既感动又害怕。她紧紧拥抱着儿子，拍着他的肩膀说："孩子，你怎么能这样想，你不是累赘，你不是。"

她哭了一通，收拾起情绪，突然打开那个与她形影不离的手提袋，里面除了厚厚的病历复印件，还有一个鼓鼓囊囊的破钱包。她指着钱包说："钱都凑齐了，来都来了，好歹去医院看看。"

高兴依偎在母亲的怀里，眼中仍然闪烁着一丝痛苦。待母子二人的情绪平复下来，我将他们送出值班室，指了指西边的公交车站台。

母子俩并排走着，看得出来，母亲故意放慢速度，等待缓步前行的儿子。这时，和煦的太阳突然探出头来，一瞬间，广场上满是金灿灿的阳光。我凝望着那对渐行渐远的背影，不知不觉间又红了眼眶。一位是平凡的母亲，为了给儿子治病，倾尽所有，她的身上闪烁着"母爱"的光辉。反观高兴，他虽然身患疾病，却懂得心疼母亲，不想让母亲过得那么辛苦。

时过境迁，不知这对相依为命的母子现在过得怎样。我相信生活中只要有爱的温暖，他们必定能够走出至暗时刻，迎接新的曙光。

15

人生终似少年游

仔细回想，这些年来，我在火车站接触的少年不在少数。有上文提到和家人一起来看病的，有因考试成绩不佳离家出走的，有因母亲生二孩要坐火车回老家找爷爷的，还有因借了网贷假意出走只为让父母帮其还债的。但下面这位少年的故事，是我工作十年来最难以忘怀的一个。

这事有些久远，发生在 2013 年的秋天，彼时西广场边上一排银杏树刚被一场突如其来的冷空气晕染得金黄。那晚，风刮得嗖嗖响，我和张小凡师兄商定，他顶前半夜，下半夜我上岗。通常我们换班以三点钟为界，我定好了闹钟，就歪在值班室的办公桌上酝酿着睡眠。

屋里的中央空调年久失修，时常暖气不足，睡袋必不可少。

每次睡觉前，我都会先把两张办公桌合在一起，再将装修淘汰的一张门板搬进值班室，充当简易床垫，随后把睡袋展开铺平，褪去外套，将对讲机放在伸手可及的地方。

闹钟一响，立即上岗。由于巡逻车正在充电，我便打开肩灯任其闪烁着，开启徒步巡逻模式。

深夜的秋风威力陡增，席卷整个广场。这种鬼天气，广场上寻不见人影。我踱步到"炮楼"，踩着"砰砰"作响的铁梯来到上面，接替张小凡。

随着广场中央的大钟指针一圈又一圈转动，天空渐渐散发出微弱的光亮。若不是天气寒冷，我肯定会打起瞌睡。

天气原因，广场上少了许多露宿之人。不像夏天，这里躺一个，那里躺一个。有的形单影只独坐发呆，有的三五成群聊天打牌。直到下半夜，一个个才带着浓浓困意睡下。每隔半个小时，我就会拉响警笛，故意将他们吵醒。

此举是为防止他们财物被盗。深夜时分，经常有这么一拨人，像幽灵似的从黑暗中冒出来，溜到广场上踅摸目标。他们将目标称为"猪"。醒着的人叫"活猪"，睡沉的人称"死猪"。他们很喜欢"杀死猪"。所谓"杀死猪"，就是用刀片划破沉睡者的口袋或背包，窃取财物。

明知他们的存在，我们却无法将这拨人"赶尽杀绝"。因为他们大多身患传染病，即便被抓住，通常也会取保候审。疾病成了他们的挡箭牌。我能做的就是尽量驱赶他们，不让他们侵入广场。饶是我费尽口舌，一遍遍提醒广场上的旅客千万别睡觉，他们嘴上答应着好好好，到了两三点，总是扛不住。夜幕笼罩的广场，总有黑暗的角落，而睡觉的人又专挑灯光昏暗之处，这便给了"杀猪党"可乘之机。每当第二天早上，苏醒的人捂着被划破的口袋叫苦不迭时，我都十分无奈。有时，我会提醒他们去附近的垃圾桶内翻找一下，说不定能找到证件。"杀猪党"有一条潜规则，便是盗取财物得手后，会将钱包和证件丢弃在垃圾桶内。这一规律是一个在广场上靠翻垃圾桶为生的流浪汉发现的。

我的视线里忽然出现了一个人，由远及近。过了一会儿，我终于看清了他的模样，那是一个背双肩包的少年，正径直走向炮楼，明显是循着闪烁的警灯而来。

他到了炮楼下，并未敲门。我推开玻璃窗，伸头俯瞰着他："喂，有事吗？"

他瑟瑟发抖地搓着手，低声回答了一句，我没听清他的话，转身走下楼梯。

我推开门，问："你是来坐火车的？"他犹豫了一下，点点头。我指着进站口，"你从那里进站。"他抬眼瞟了一下，却没有挪动步伐，而是略显扭捏道："我……我没钱。"

我心底一怔，正想摘下帽子，取一张救助站的地址条给他，他忽然又提了个要求。

"警察叔叔，我饿得难受，能不能给我弄点儿吃的？"他说话的声音明显打战，我不由得伸手去摸他的额头，冰凉冰凉，还好没发烧。

我想起柜子里有两桶泡面，于是带他到东南出口的值班室。我打开灯，将睡袋收起，门板抽下立在门后，然后从柜子里掏出两桶泡面，说了句："你等着，我给你打壶热水。"

冲泡面时，他盯着泡面桶，眼巴巴地咽口水，视线一秒钟也不舍得离开食物，生怕我趁他不注意偷吃一口似的。

我从没见过哪一个人能吃泡面吃得双眼冒光，他并非狼吞虎咽，而是细嚼慢咽，每吃一口面，准喝一口汤。两桶泡面被他消灭殆尽，他才满足地打了一个饱嗝。

吃完泡面，少年说了句"谢谢"，没有起身离开的意思。

我问他："你家是哪儿的？"

他操着浓浓的方言回答："重庆。"

我说："看你年龄，是个学生吧？"

他点点头："我上初二。"

"你不上学，跑这儿来干吗？"我抛出疑问。

他沉思片刻，回了句："我来玩玩。"

我说："既然你不是流浪汉，就没必要去救助站了。"

他摸着脑袋，说："哦，那我不是。"语毕，他又一阵沉思，追问一句，"是不是流浪汉不用买票就可以回家？"

我说："你误会了，流浪汉是因为没钱买票，所以需要救助。你倒不用，给家里打个电话，让他们给你汇点儿钱就解决了。"

那时候移动支付尚未普及，互联网购票还没应用，最简单的方法是他父母将钱打到他的卡上。我思忖着，这小子出来玩，总归带着银行卡。没想到他说："我没银行卡，手机也没了。"

我问："手机丢了？"

他摇摇头："卖了。"

为了完成旅行计划，他把身上值钱的东西悉数变卖，以完成既定的旅行计划。手机卖了一百块，这价格根本不是当二手产品出售，而是当废品卖。

玩心这么重，我猜他成绩不怎么样。我提出要看看他的书包，想教育他一下，却发现这家伙出门旅行居然还带着课本和作业本。我翻看着作业本，但见工整的楷体字一丝不苟。

我说："看不出来，你还挺爱学习的。"他苦笑着说："还行吧。"我又问他，在哪所学校就读，成绩如何。他答，在一所私立中学就读。我网上一搜，居然是所名校。

打他吃饱后，话也多了起来。他说，之所以来 S 市，是因为看了一部 S 市的城市纪录片，从此魂牵梦绕，登时冒出了"世界那么大，我想去看看"的想法。他省吃俭用，从每月零花钱中省出一笔经费存下，留作旅游专用。历时半年多，他终于存够几百块，在国庆节前偷偷买了一张硬座车票。

因父母离异,且都在外地工作,每逢放假,他都去奶奶家小住。这次,他却直奔火车站。我打量着作业本,好奇地问:"作业挺多,你都在哪儿完成的啊?"他说:"我在来的车上就写了一半,剩下一半是在火车站候车室完成的。因为没赶在国庆假期结束前及时回去,我还特意预习了后面的功课。"

我说:"今天十号,已经开学三天了,你还在这里闲逛,老师肯定通知家长了。你有没有考虑过他们得多着急?肯定已经报了警。"少年听后,脸上浮现出一丝不安的神情。

"给我号码,先给你的家人打个电话报平安。"我掏出手机,准备拨号。少年却有所顾忌,支支吾吾不肯提供联系方式。他反复搓着手,用恳求的语气说:"别打给我爸妈,他们都很忙。"

"再忙也不能不管自己的孩子啊。"我反驳道。

"我不想让他们担心。"说着,他从背包夹层里掏出一张纸条,"要打就打给我小姑吧。"我拨通号码,问:"你是何敏吧?"对方一愣,反问一句:"你是谁?"

"我是 S 市这边的警察,你侄子叫何涛吗?"这时,我就听到电话对面有人低声说,"又是看到寻人启事的骗子吧。"

何敏显然也不信我,但她还是抱着一丝希望问:"何涛怎么了?"

"他没钱买票,在火车站找警察求助。他就在我身边,我让他和你说话。"我知道自己说再多,也不抵何涛一句。

何涛接过电话，听到小姑的声音，泪珠悄然滑落。

"小姑，是我。"

短短四个字，电话那头立马炸了锅。"哎哟，你小子，你咋个跑到那里去了呢！你可晓得我们都急疯了，不但报了警，还到处张贴寻人启事，都以为你失踪了呢。你妈也从云南赶回来了。你爸他……"刚说到这里，有个女人制止道："这事跟涛子先别提。"何涛听闻，问了句："到底啥子事吗？"

"也没啥事，你没事就好。"何敏的情绪复又回归平静，转而让我听电话。我提议给何涛买张票，让他坐慢车回去。何敏担心孩子路上不安全，一番商量后，她决定坐最早的飞机过来。

下了夜班，我就在值班室陪何涛，心底隐约有一个不祥的预感，他爸说不定出了什么事。和小姑通话后，何涛整个人恍恍惚惚，小姑欲言又止的反常让他陷入胡思乱想的沼泽。

"我爸不会有事吧？"沉默半响，他忽然问我。我安慰他说："别瞎想。"他说："你知道吗，我一直恨我爸，要不是他染上赌瘾欠了一屁股债，我妈也不会跟他离婚。他是个货车司机，雇主是个寡妇，有三个孩子，我爸就给他们家开车，有一次我去看他，他们就像一家人似的。

"那个雇主寡妇虽然比我爸大几岁，可气质不错，他俩经常一起出车，上千里的长途，两个人轮换开，一路上做伴。那时爸妈还没离婚，他每次回来最多待一晚，把挣的钱交给我妈，然后继续跑长途。

"我上四年级那年，我爸一年没回家，人见不到，钱也见不到，我妈急得满世界找他，打他电话，关机。她找到那个寡妇，那女人说：'你不知道吗，他半年前就不在我这儿干了。'我妈知道他们之间的关系，但当时根本没有兴师问罪的闲心，一个大活人丢了，总得有个原因。

"那女人说，'你也别找了，他躲起来就是不想让人找到他。'我妈问：'他为什么躲起来？'那女人一脸疑惑地说：'你真的不知道？他赌钱输了，借了高利贷，还想骗我拿车做抵押，被我识破了，我对他说我还有三个孩子全靠这车养着呢。他当天夜里就走了，去了哪里我也不知道。讨债的来过我这里，还砸了我的车窗，你说我找谁说理去？'

"'活该。'我妈愤愤丢下一句话，回来就赶紧把房产证、户口本全藏了起来，生怕我爸哪天偷偷把房子卖了。有一天夜里，我睡得正香，客厅的嘈杂声把我吵醒了，我睁开眼一看，我爸回来了。他是偷偷摸摸回来的，我妈以为他是想偷房产证，不料他是回来和我妈离婚的。

"我爸说：'只有离了婚，这房子才安全。债多不压身，都我一人背。明天上午就去民政局，十点半，我在街口等你。'

"我爸和雇主寡妇打得火热的时候，我妈曾闹过离婚，我爸不同意。这下我爸主动提出离婚，反而让我妈觉得其中有诈。她怀疑我爸和那寡妇串通好，借'赌债'的名义设了一个局，骗她离婚。但她想了又想，即使是个局，对她也有利。我妈唯一的要求是我的抚养权归她，他出抚养费。我爸赞成，但他也表明自己的难处，短期拿不出钱来，待经济状况好转，一定补交欠款。

"我妈说：'儿子，我离婚是为了你好。你爸赌债的事不管真假，他已经身在曹营心在汉，早打定主意和那寡妇搭伙过日子，留住他的人，也留不住他的心。与其这样，不如趁早一刀两断。万一赌债是真的，那咱们也算甩了一个累赘。'离婚第二天，晚上就有人上门讨债，我妈一手举着离婚证一手拎着菜刀和那帮人僵持了半个小时。等警察赶到，那帮人才悻悻地走了，临走时还说：'别以为我们不知道，你们假离婚，拿我们当三岁小孩骗，你等着吧。'

"第二天，那帮人改变策略，不知从哪儿雇来一个乞丐打扮的人，往我家门口一躺，扬言不还钱他就不走。还从怀里拿出一张复印的欠条来，上面白纸黑字，有我爸的签名。我妈又报了警，那个乞丐模样的人见警察来了，立马掏出一张残疾证，证件显示，这人不仅精神有问题，腿也瘸了，他说自己是双重残疾，出来讨口饭吃，一不偷二不抢，完全是合法讨债。

"我妈说，赌债怎么能合法呢？那人听后，当着警察的面说，赌博是违法的，可民间借贷是受法律保护的，自古欠债还钱，天经地义。

"警察说：'你们属于借贷纠纷，可以去打官司，不能总堵人家的门。'经过警察一番劝导，乞丐才不情愿地走了。我妈受不了折腾，没多久就把房子卖了，将我送进寄宿制学校，她去云南大理盘了家小店，专做游客生意。"

说到这里，何涛叹了口气，说："国庆节我妈店里生意最好，我的事肯定耽误了她的生意。"

我插话道："儿子肯定比赚钱重要。"

"我用功读书其实是为了见我妈。"

我向他投去疑惑的目光。他解释说："我期末考试排年级前十位，寒暑假就可以去云南。如果成绩下跌，我就得留在重庆补课，这是我和我妈之间的约定。"听闻此言，我终于明白为何即使在长途旅行中，他仍随身带着课本和作业。

我问他："你想你爸吗？"

他低头沉吟，表情已给出了答案。忽然，他的视线游移到办公桌，最后落在我的手机上。我朝他努努嘴，说："想不想给你爸打个电话？"这一次他没有丝毫犹豫，头点得像小鸡啄米似的。

他拿起电话，仿佛突然想到了什么，号码输到最后一位，默默按下了撤销键。

"怎么了？"我问。

"那个手机是我爸送我的生日礼物，我答应他用来学习的，可我为了多逛一个旅游景点，一百块钱就卖了，我觉得特别对不起他。他肯定很失望。"

"他不会失望，失而复得的喜悦会冲走一切，他能再次听到你的声音一定会很开心。我在你这个年纪，去得最远的地方是附近的县城，你能独自完成一次长途旅行，勇气可嘉。"

听筒内传来一阵长长的嘟声。随着时间拉长，他的担忧逐渐递增。他又开始喃喃自语咕哝着："我爸不会出了什么事吧？"他联想到小姑藏着掖着的语气，越发觉得她有事瞒着自己。

"喂？"一个女人接起了电话。

"你是谁，我爸呢？"何涛急促地问。

"他……他不在。你在哪儿呢？你爸要是知道你没事，一定很开心。他为了找你，差点儿把命丢了。"女人说到这里，便沉默了。

何涛识出了女人的声音，她就是那个寡妇。

"我爸呢，他到底怎么了？我要和他说话。"何涛情急之下，冲着听筒咆哮起来。那头传来一阵冷笑，随后演变成哭泣声。挂电话前，女人始终守口如瓶，最后她对何涛说："你爸虽然是个赌徒，但他是个好爸爸。"

挂了电话，何涛目光呆滞，神情黯然。他表情凝固了几秒钟，突然又抓起电话，打给小姑。

"尚警官，我们到机场了，马上登机。"

小姑以为是我打的电话，一通说完，才听到何涛用生硬冰冷的语气质问："我爸到底出什么事了？"

"喂，小涛，我和你妈登机呢……什么事到了再说，就先这样……"

小姑遮掩的态度更加令何涛确信，他爸出事了。他哭着对我说："我上四年级时，有一次放学，我发现我爸就站在大门外，朝人群中张望，寻找我的身影，我却低着头加快脚步一转弯走进一条巷子。等人群散了，我从巷子里探头往外望，发现他还站在原地等我呢。我这才从他背后出现，撒谎说没看见他，其实我是怕同学笑话我。他那天穿得太破了，还戴着一顶草帽，像刚从农田里回来。"

说到这里，他已经哭成了泪人。

过了正午，何涛的亲属赶到火车站，一下车，何涛就跑上前抱着小姑抽噎起来，他问小姑："我爸到底怎么了？"

小姑抬头瞟了一眼嫂子姚庆芳，觉得这事还是由她说出口比较合适，便拉着何涛走进派出所大厅。一进值班室，姚庆芳激动地握着我的手，说："太感谢你了，是你的一通电话给了我们希望，我们都做了最坏的打算，真没想到这臭小子这么能折腾。"

何涛紧贴着小姑就座，他想向妈妈打听爸爸的事，又怕她责骂自己，毕竟他捅了这么大娄子，内疚之情溢于言表。

我替何涛问了一句："他爸怎么了？"听见这短短几个字，姚庆芳的脸色一下子变得惨白。她稍作停顿，终于启齿。

何远东躲债躲到了西部地区，只有妹妹和儿子有他的联系方式，他特意叮嘱过，没有重要事情不要主动联系。国庆节后，学校开学，班主任发现何涛没有归校，便联系了姚庆芳，姚庆芳电话打给婆婆，结果婆婆说，何涛压根没回来。这下可把她急坏了，一个电话又打给小姑子何敏。

何敏觉得事情不对劲，怀疑背后是哥哥何远东那帮债主搞的鬼，于是联系上何远东，让他赶紧想办法救孩子。

何远东得知消息，一刻不敢耽搁，连夜坐飞机回重庆。一下飞机，他就拨通债主刘海的电话。那头接到电话愣了半晌，说："你小子让我好找哇，怎么，现在主动打给我，钱准备好了？"

"刘海，你有种冲老子来，赶紧把我娃放了！"何远东冲着听筒咆哮，对方却只是冷笑。这冷笑声让何远东坚信儿子的失踪就是这帮人干的。

姚庆芳主张报警，何远东在电话里吼道："不能报警，我不能拿儿子的生命冒险，你给我点儿时间，我去要人。"何远东腰间别着一把刀，怒气冲冲来到刘海的借贷公司。因为在电话里扬言上门，刘海这边严阵以待，他听得云里雾里，大致知晓这何远东丢了孩子，把矛头指向了他。他懒得解释，找了这么久，如今送上门来，哪有不"接待"的道理。不过他要先弄清这家伙有没有报警。

公司为了避人耳目，地址选在一条隐蔽的巷子内。巷子进口处安装了监控，有专人盯着屏幕，眼见何远东大步流星走进巷子，砰砰砸门："姓刘的，开门。"

斑驳的红铁门开了一条缝，他连推带挤地冲了进去，穿过逼仄的院落走进正厅，有两个马仔见他空手闯了进来，问了句："钱呢？"

"我娃呢？"何远东怒目圆睁逼视着对方。对方举着半截烟笑道："你娃在哪儿，我咋个晓得，我只晓得你欠我们钱跑路了，对不对？"

"姓刘的呢，我要见你们老板。"何远东一边说，一边把手伸向腰间，对方见状，朝站在门口的人使了个眼色，"啪嗒"一声，灯灭了。

黑暗中一阵混乱，有械斗的当啷声，有挨打的呻吟声。等到嘈杂声渐止，只剩一个男人重重的喘息声。

这时，灯开了。四个手执棍棒的家伙将何远东围在中间，他鼻青脸肿，嘴角还在滴血。

"你不是要见我们老板吗？满足你！"说着，为首的一胖子大手一挥，一只麻袋像网一样罩在何远东头上。顷刻间，他被抬出巷口，塞进一辆商务车。

半小时后，车子停下，何远东被抬下车，眼前是波涛汹涌的江水。刘海从一辆越野车上下来："你让我好一顿找啊，既然躲得这么结实，又干吗冒出来？是怕老子把你忘掉吗？你这笔烂账我可得好好给你清算清算，不然以后我的客户都学你，那老子连西北风都没得喝喽。"

"只要你把我儿子放了，我一定想办法还钱……你们这么做是绑架，是犯罪！"何远东话音刚落，只听刘海"扑哧"笑出声来。他对身边的人说："这家伙说我们在犯罪。不犯罪，我们吃什么？你想当守法公民，那干吗不还钱呢？白纸黑字清清楚楚，你为啥子要违约呢？既然你不仁，就休怪我不义喽。"

"我儿子呢，我儿子呢？孩子是无辜的。"沦落到这个地步，何远东仍惦念着儿子。

刘海吐了一口烟，弯腰揪着何远东的衣领，郑重其事道："老子虽然干的是脏活儿，可也不能什么污水都往老子头上泼，实话告诉你，你娃的事我不晓得，今天你没得钱，就先付点儿利息吧，让你长长记性。"

苏醒时，何远东发现自己躺在重症监护室，他右腿半月板骨折，同时伴随较重的脑震荡。一个夜跑者发现了他，本以为他死了，等救护车到现场，医护人员把他翻过身来，发现他还活着，立刻将其送至急救中心。

姚庆芳闻讯赶来，后悔没有早点儿报警，也就是在医院的走廊里，她接到了何敏的电话，得知儿子安然无恙，身在千里之外的 S 市。她喜极而泣，隔着透明的玻璃窗，看向病床上的何远东，默默祈祷他赶快好起来。在寻子行动中，他的所作所为得到了她的认可，他不顾个人安危深入虎穴，只为探得儿子的下落，作为一个父亲，这一次他是称职的。

她在走廊上碰到了他的寡妇相好。两个人擦肩而过，相对无言。何远东重伤后，警察来过一次，做了份笔录，当天去刘海的公司门店时，却发现人去楼空。

听闻父亲的经过，何涛内疚得直拍胸脯："我对不起我爸。"

姚庆芳将儿子揽在怀里，云淡风轻说了句："过去的就让它过去吧，最难的时候你爸都挺过来了，后面的伤得慢慢养，你就放心吧。"

坐上出租车时，何涛摇下车窗冲我使劲挥手，我望着他渐行渐远，脑海中忽然冒出任贤齐的一首歌《少年游》。他一时任性来了场说走就走的旅行，这趟旅行的所失所得恐怕会让他终生难忘。也许这就是成长吧。

次年七月，我的QQ突然收到一条好友消息，对方的昵称叫"会飞翔的鱼"，读罢我才知道他是何涛。当时他主动提出加我为好友，却一直没给我发过消息，以至于我都将他遗忘了。他在消息里说，他考上了重庆市的重点高中，打算高考时报考警校，将来也要当警察。他还说，他爸的腿留下了残疾，不过好在伤的是左腿，不影响开车，打伤他的人也被抓住了，那桩债务终于了了，他爸再也不用东躲西藏了。他爸和相好结了婚，过得挺好。妈妈依旧在云南经营着那家小店。

后来，我的 QQ 号被盗，因此和他失去了联系。仔细算算，何涛也该大学毕业了，可能他在读研究生，也可能他已经成为一名警察。无论如何，我相信他都会将那份他从 S 火车站感受到的温暖传递下去。我想，这也是他想当警察的重要原因吧。

16

他在派出所偷手机

和我对坐的是一位年仅十四岁的少年，名叫郑重。在他身上，我察觉不到一丝稚嫩的气息。那滴溜溜乱转的眼珠子，给我一种少年老成的狡黠感。他低垂头颅，坐于铁凳之中。明亮的灯光照得他眯缝着眼睛，无精打采。

短短一天，少年已是"二进宫"，算上列车乘警的询问，他已经是第三次面对警察。他因为在开往 S 市的列车上窃取了一位女士的背包，被失窃者抓了现行。乘警到达现场后，少年对于盗窃一事供认不讳。关于偷窃的理由，他给出的答案极其简单明了："想玩手机。"

"你怎么知道包里有手机？"乘警问。

"我看到她把手机装进去了。"

由于列车上没有办案场所，按照规定，乘警只能将其移交给车站派出所进行处理。

　　我第一次见到这位少年时，他始终低着头，问一句答一句，老实巴交，活脱脱像一只听话的猫。

　　考虑到对方是未成年人，我不忍心将他送进审讯室，便安排在办公室内进行询问。根据相关规定，询问不满十六周岁的违法治安管理行为人，应当通知其父母或者其他监护人到场。因此，我们及时与他的父母取得了联系。经过一番沟通，少年的父亲表示因为身在内蒙古，加上工作太忙走不开，很难及时赶到 S 市，恳请委托他人前来处理此事。

　　当着少年叔叔的面，我开始第一次问询。

　　"你是学生？"

　　他木然地点点头。我接着问他读几年级，他回答八年级。

　　"你是逃学出来的？"

　　他轻声回答了一个"嗯"字。

　　我问他，不好好上学，来 S 市做什么，是否有亲戚朋友在这边。他果断摇摇头，淡淡道："就是想出来看看。"

　　"看什么？"

　　"随便看看。"

　　"为什么偷手机？"

　　"因为……我要打游戏。"

196

经过交流，我印证了之前的猜测。这是一名典型的留守少年，父母长年在内蒙古打工，每逢春节才回家一趟。按照相关法律规定，我对少年进行了口头教育，并且责成在场的监护人对其严加管教。

"写一份检查吧。"我将两张纸一支笔递到男孩面前。

他茫然地抬头打量着我："怎么写？"

"类似保证书，深刻反省一下自己的错误。"

他提起笔，开始在心底打起腹稿。几分钟后，他开始动笔，在纸张最上方的中间位置写下了"检查"两个大字。

由于忙着另一起寻衅滋事案件，我暂时离开了办公室。半个小时后，他将写满密密麻麻字迹的两页纸交到我的手上，我粗略看了几行，字里行间流露着悔意，我让他朗读一遍，以示惩戒。

听完检查，我满意地点点头，嘱咐他回学校之后好好读书。他点头应诺，他的叔叔早在一旁昏昏欲睡。难为他坐了一夜的火车赶来，几乎没怎么合眼。

"那就这样。"

折腾了近一天一夜，我并未感觉到应有的轻松，因为审讯室内还有另一名对象在等着我呢。

本以为我和少年的事情至此结束，未承想故事才刚刚开始。

审讯室内关着一名寻衅滋事对象。张易得，男，三十五岁，有精神疾病史。他在列车上醉酒后与其他旅客发生冲突，打伤了对方。

做完询问笔录之后，我上报了法监部门，得到的答复是：这名对象因身体健康原因不执行实际拘留。我们要将相关材料带齐，送往拘留所，由驻所医生确认后，给予拘留不执行的决定。

前往拘留所的途中，张易得提出打个电话给家里人。这时，我猛然发现物品保管箱内根本没有手机。

"我的手机呢？"张易得见状，不由得怀疑起民警。

"不要急，我看看单子。"

经过核对，在物品登记清单上，的确登记有苹果手机一部。

再次打开物品保管箱，手表、个人证件等物品一样不少，唯独缺了那部手机。

奇了怪了，我明明亲手把它放进箱内，怎么会不翼而飞了呢？仔细回忆起来，这个塑料透明的小箱子曾经放在少年写检查的桌子上，该不会被他顺手牵羊，给偷走了吧？

这个想法在我脑海中短暂盘旋了几秒钟，可这少年刚刚被教育过，而且是在派出所内，应该不至于如此胆大妄为。更何况，他的叔叔也站在一旁监督呢。但其间我的确去了趟审讯室，难道是在那个空当下了手？

我立刻拨通了少年叔叔的手机。

"喂，你们上车了吗？"

"没有，在候车室呢。"

电话中，我简明扼要地说明了刚刚发生的事件，并请他询问少年是否"拿了"一部手机。

"我找他问问看。"对方答应得很干脆。我焦急地等回音，另有民警已经赶往候车室。

我找到材料中登记的张易得的联系方式，尝试着拨通电话，居然还通着。铃声响个不停，始终无人接听。此时，一名同事走了进来，他刚才去查看了监控。

我问："是他吗？"

同事撇撇嘴，无奈点了点头。他说，画面内，他叔到走廊抽了支烟，这少年便"下手"了。

"一看就是老手，表情从容，没有丝毫慌张。"

证据确凿，我立即奔向候车室。少年此刻已经被控制。奇怪的是，经过搜查，在他身上并未搜出赃物。

"东西呢？"

"什么东西？"少年反问。

正是这句反问，点燃了我的怒火。敢在派出所偷东西，居然还有脸反问，真是无法无天。

我向他的叔叔确认，少年听他接到派出所的电话后，慌张地去了趟厕所。我们在厕所搜查了一圈，没有发现，只能将少年带回派出所。

"真是屡教不改，狗改不了……"连他叔叔都咬牙切齿，以恨铁不成钢的语气怒斥道。

回想起他一本正经读检查的样子，谁能料到那时手机已然被揣进了他的口袋。我不得不佩服这孩子的心理承受能力，小小年纪，就如此会演，着实可悲、可怕。

我不再和少年浪费口舌，决定用证据说话，我将监控视频放给他看。他呆呆盯着屏幕，哑口无言。良久，他的叔叔拍着桌子瞪大了眼，怒吼道："你个小兔崽子，简直胆大包天！"

也许终究不是自己的孩子，除了言语上的苛责，这位叔叔尽力克制自己的愤怒。时间一分一秒地流逝，距离他们火车的发车时间越来越近。少年终于挤出了几滴悔恨的泪水。他头颅低垂，下巴紧贴着脖子。

我用拳头敲击桌面："喂，手机到底在哪里？"

"在……厕所里。"

"为什么没关机？"

"我……不知道怎么关机。"少年嘟囔道。

我回想起，在他随身物品里有一个功能机，他不屑地将其称为"老年机"，因为它无法上网，只能接打电话。说不准真如他所说，他是头一次见识到苹果手机。事实上，少年说，这手机他压根没玩过，开机后需要输入密码，他尝试几次均告失败。他悻悻道，游戏一把没玩。我说："那在火车上你咋开的机。"他嘴角一扬，说："我偷看了她输入的密码，记下了。"

"走，带我们去找手机！"

六号候车室的男厕内，少年指出了他藏匿手机的地方，位于小便池拐角。此刻手机再次不翼而飞，关机了。进出厕所的人流动性很大，一时间无法查找到手机的确切下落。

少年承认是他偷了，问题自然而然落在了赔偿上。

张易得被放行后，以有急事为由，匆匆留了个联系电话，上出租车走了。

"喂，你好，请问你是张易得吗？"

"我是。"

我先向他表明身份，继而进入正题。我很遗憾地通知他，他的手机已经难以找回，但少年的家属愿意照原价赔偿他的损失。

我问他手机在何处购买，是否有发票凭证等。他回答，是在网上的旗舰店购买，有发票，且加了两年延保，共计九千元。

"方便过来一趟吗，把凭证带好，我们一起把这件事情妥善解决。"

"他偷我的手机，凭什么叫我过去，我拒绝！"

我告知张先生，对方愿意报销他打车的费用。

"那我也不过去，又不是我的错。"

无奈之下，我决定带上少年家属，赶往张先生家中。不料，当我提出这个想法时，张先生以不在家为由拒绝了。

"人家都愿意赔偿了，他还端什么架子？"同事不解道。

这件事很快传到了领导那里。分管刑侦的副所长林所迅速找到我，告知我此事的严重性。

"办案场所无小事。如果不能妥善解决的话，将会非常棘手。"

我立刻意识到了情况的复杂性。

"你想一想，这么个问题人物，平日里肯定遭受过无数次民警的盘查，好不容易逮到这个机会，他会轻易放弃吗？"

"故意刁难？伺机报复？"

"极有可能。"副所长忧心忡忡道。

此后事态发展印证了林所的猜测。对方百般刁难，尽管少年一方愿意额外补偿张先生的损失，将赔偿金额一度提升到一万两千块，张先生仍死死不愿松口。

"这已经是我们最大的诚意啦，为什么他还不愿意？"少年的叔叔眉头紧锁，在走廊踱步抽起闷烟。我趁机与他交谈几句。

从他口中，我得知他家世代居住在一个人多地少的县城内，一户五口之家至多有两亩耕地。近年来人口增长，新建房屋吞没了部分耕地。当地村民只好外出打工赚钱，而少年的父母为了多赚点儿钱，更是跨越大半个中国远赴内蒙古谋生活。

"这么多钱，他们不吃不喝得两个月才能攒上，没想到一转眼就被这龟儿子给糟蹋了。"他猛啜两口香烟，一副怒其不争的语气，似乎想将无名怒火发泄到少年的身上。

"要教育，你带回去再教育吧。"

我言外之意，不要再添乱了。

少年无精打采地耷拉着头，偶尔抬头瞥一眼叔叔。叔叔不住地唉声叹气，为赶不上当晚的火车而生闷气。

事件陷入僵持。少年叔叔明确表示耗不起，向我提出返程意愿。经领导批准，我们决定对此事进行冷处理。少年叔叔将赔付的钱款留下，放在派出所保存，等待后续进展。

在旅馆住了两天，他们终于踏上了返程的火车。而我，仍要饱受失眠的折磨，因为这桩事像一座大山压在我的心头。我忽而有了一种前所未有的委屈之感。转头一想，正是自己的工作出现了纰漏，才会给人以可乘之机。

少年叔叔到家之后，来了一通电话。他说，少年在返程列车上借着上厕所的名义溜走了，后来并未回家，一直杳无音信。

看来，焦头烂额的不止我一个啊。

我的心头浮现一个大大的疑惑，多年以后，这位迷途的少年会出现在哪里呢？想到这里，我不禁心头一颤，默默祈祷他只是一只暂时迷途的猫，能尽早找到回家的路。

17

他们把火车站当"圣地"

火车站长期以来是乞讨者的"淘金地"。在火车站，不仅人流量大，有钱人、没钱人还打破了身份差异，不管高低贫贱，大家都要坐在一起等车。这种环境，乞讨者往往更容易获得同情。以前，火车站甚至成了许多流浪乞讨者的家。他们中间不乏命运令人唏嘘的可怜人，但也有需要铁路警察时刻关注的犯罪团伙。

有些乞讨者衣衫褴褛、披头散发地趴在地上，朝过往行人不住磕头，"可怜可怜我吧"，他们身前摆着一个破碗，或者几个药壶，甚至将打印好的广告布铺在地上，关键部分用红色字体加粗，生怕路人看不清。有的则故意暴露自己的残疾之处，以期引起别人的同情，得到施舍。甚至还有人假以道具，冒充残疾人乞讨，着实可恶。

还有一些人，到你面前，摇晃双手，说着诸如"好人有好报，好人一生平安"之类的话语。但若是见你没有任何表示，他就会在离开之际对你咒骂上几句。当然如果你的态度强硬，一个眼神就能将他们吓退。

儿童乞讨的背后多有成人操控。有的是自己亲生的小孩，有的就说不清了。孩子会被分配指标，完不成数额会受到惩罚。更有甚者还会将孩子故意弄残，作为乞讨的工具。这些人往往和拐卖人口的团伙有着千丝万缕的关系，也是我们严打的对象。只是有此种童年经历的孩子，就算被解救了，长大后该怎么办，会不会留下终生的心理阴影？想想都难受。

再说一种，是古代俗称的卖艺人。他们在人行通道或天桥上，青年弹着吉他，老人拉着二胡，或拨弄琵琶，或吹着笙。他们面前摆一个纸盒，里面有纸币、硬币若干。卖艺人有相对专业的，能流畅弹奏整首曲子，唱得也凑合；有的则略显业余，曲子没有准音，唱得也没调，只会让人捂着耳朵，加快脚步离去。

还有一种，业内俗称"高讨"，顾名思义，高级乞讨，实质是诈骗。他们之中有的冒充学生，有的冒充游客，有的在路边摆一辆山地车，冒充骑行者，在一张硬纸板上写：旅行途中钱包不慎丢失，求好心人给十元买饭钱，实在太饿了……

他们专挑社会经验不足的年轻人下手，并且一般由女生向男生乞讨，男生向女生乞讨，以异性为主攻对象，说自己钱包丢了，还差十九块买车票。等对方上钩给钱时，他们就会在字眼上打算盘，说不是十九，是四十九。碰到心地单纯的人，他们更是坐地起价，拿出"宰客"的看家本领，当场加微信或支付宝，信誓旦旦承诺会及时还款，等到旅客一走远，立刻将对方拉黑。曾经有一个报警人，声称自己被骗，我调取监控一看，他和那姑娘一路上有说有笑，姑娘还将他送至检票口，最后男生像对待老友似的向她挥手告别。进了候车室，当他还想继续和那姑娘聊天时，发现自己被拉黑，这才意识到可能被骗了。

乞讨者多了，我们分辨不出哪些是真、哪些是假，有的人被欺骗几次，同情心被渐渐透支，也就不再随意施舍。这一类乞讨者被抓后，通常会说，他们都是自愿给我钱的，这也违法？

当然。这是诈骗。

我刚上班那会儿，南广场有一家三口，女儿小名叫黄豆，只有七八岁。父亲经常指使女儿去讨钱，那小丫头鬼机灵，令我不禁联想到《射雕英雄传》里的黄蓉。这位父亲有时嫌黄豆效率低，不得已亲自登场。他登场之前，总会躲到广场的角落里装扮一番，那个角落像出镜前演员的化妆间，有一次被我撞破，只见他正将一把土揉搓到脸上，故意弄得脏兮兮的，然后坐在一个拉板车上，将右腿盘到裆下位置，用细绳绑紧，伪装成右腿残疾，正当他吆喝黄豆拽着板车去广场时，一抬眼瞥见我正盯着他看。

他笑着说："没办法，孩子小，得生活呀。"我说："你好胳膊好腿，为啥不去外面找份工作呢？哪怕去工地搬砖，一天也不少挣啊。"他被我的话逗笑了，嘴里不屑地蹦出一个"喊"。

这家伙名叫黄三，长得尖嘴猴腮，留八字胡，和《地下交通站》的贾队长颇有几分相似。他一边不好意思地拆除捆绑的绳子，一边大言不惭地说："我就是吃这碗饭的，这年头钱不好挣，不搞点儿道具不行啊。"

我曾劝过他，不为自己考虑，也要替女儿着想。她不上学，整天在这鱼龙混杂的地方折腾，能学好吗？

他倒挺会反驳，接着我的话茬说："你刚刚说鱼龙混杂，就证明还是有龙的嘛。上学有啥用，毕业了不还是得找工作吗？归根结底一个字：钱。"

黄三的老婆是位间歇性疯癫的女性，逢人就傻笑，可他们的女儿黄豆是一个贼精的小姑娘。

黄三的小日子过得倒滋润，每天黄昏，总能见他藏在广场角落，以地为席，对酒当歌。每次喝多了，他就沿着广场兜圈，走起路来东倒西歪，嘴里哼哼着不着调的小曲儿，甚至放声歌唱。有几次吓到了旅客，我去制止他，他嘻嘻哈哈地问我："唱歌也犯法吗？"我说："声音大了不叫歌声，叫噪音，噪音扰民，我们得管。"他又笑嘻嘻说："好吧，那我去睡觉了，睡觉警察应该管不着吧。"

黄三把广场当家，隔三岔五挪个窝，把两个大行李箱往拉板车上一放，那是他的全部家当。

广场上还有一群人，白天见不到人影，晚上如雨后春笋般冒出来。他们把广场当成落脚之处，白日里忙着工作，晚上拎一瓶廉价白酒，掀开打包盒，喝完酒倒头就睡，等到天亮，又不知钻进了哪家工地。

黄三喝酒的地儿位于广场西南角，这地方曾经冻死过一个老头。那老头下半身瘫痪，行走时依靠双手撑起羸弱的身体，一点点挪动，只比蚂蚁走得快。他长期占据西南角，以乞讨为生。严冬时节，为防止流浪汉冻死冻伤，车站会联合救助站将他们安置起来，待度过恶劣天气，再将其送回。这个老头脾气贼犟，任凭工作人员如何劝说，他都不为所动。为防止他挨冻，工作人员只能留一床厚被褥给他。

那是一个寒冬的清晨，西北风呜呜作响。刚接岗，我就开着巡逻车出去了。我的视线里出现一个佩戴头戴式耳机的青年，他经常出现在广场上，总是穿得干净利落，深情演唱，唱到兴奋时，还会忘乎所以地手舞足蹈。我尽力去听，只能分辨出是粤语歌，他一边引吭高歌，一边大步流星穿过广场腹地，走向东广场。

东广场电线杆旁围了一群人，七嘴八舌议论纷纷，我凑上前去想一探究竟。平日电线杆上贴满了寻人启事及各种牛皮癣广告，城管每隔几天就要清理一次。眼前的启事上则附有一张黑白图片，依稀可辨是一个骨瘦如柴的老人。下方写着老人于昨晚去世，身上无任何能证明其身份的证件，有知情者或亲友请拨打下方电话。

这则启事和我曾经见过的无名尸体认领通知无异，看到图片的第一眼，我已认出他正是曾经在我们广场上行乞的老头。

周围的人高声议论开来，其中不乏做小生意的、长途汽车接拉客的，还有接旅馆的。他们都是靠火车站吃饭的一群人，显然和我一样，都记得这个曾经在这里乞讨的老人。

"我猜老头是饿死的，他家里没人管，饥一顿饱一顿。"一个小眼睛的胖男人口中叼着烟，俨然侦探般推测道。

"估计是冻死的，这两天寒潮，多冷啊，我们都受不了，更何况一个到处流浪的老人。"

"我听说警察来的时候，在他身下尼龙袋子里发现了很多硬币，一过电子秤，足足有三十公斤。"

"是吗，这么多钱？"

"以前有个男的来看过老人，老人把讨来的钱都给他了，不知道是不是他儿子。"

"哼！放任自己老子死在外边，什么人哪！"

"就是，有这种儿子不如没有！"

讨论来讨论去，最后都留下几声叹息，散了。不知为何，以后的日子里，每当我拿起硬币，就会想到那位老人，想起那三十公斤硬币。

18

无声的恐吓

这次我要讲的故事，有关特殊群体。他们的圈子平时或许很少被大众熟悉，却也一样有着人性的风波。

2019 年秋末的一天，一个操着外地口音的中年妇女急匆匆走向我的巡逻车，我见她着急忙慌，便问她发生了什么事。她上气不接下气地说："我儿子死了。"

我问她："你儿子叫什么，怎么死的？什么时候，在哪里？"

"我儿子叫张宇，出了交通事故，大概两天前死在了 S 市第三人民医院。"

"人命关天的事你得严谨，大概两天前什么意思，你连他什么时候死的都不清楚吗？"

"我哪里清楚呢，我又不在他身边。这件事我都是听吴欢说的。"我问她："吴欢是谁？"她说："张宇的朋友。前天夜里，我收到一条短信，说张宇受了重伤，正在医院抢救，让我赶紧赶过来。我以为是骗子呢，结果我给儿子发消息没人回，才感觉情况不妙。对方又加了我的微信，把张宇抢救的照片发给了我，我这才相信他。没想到过了一个小时，他跟我说我儿子没抢救过来，人走了。我赶最早的火车，吴欢在出站口接我，直接带我去了殡仪馆。我问他张宇怎么死的，他说因为S火车站的一场交通事故。所以我就来了，想弄清我儿子那天究竟发生了什么。"

为了验证她的说法，我第一时间打给指挥室，询问一周以内辖区有无发生交通事故，答案是：无。

明明未发生交通事故，那个叫吴欢的人为何要撒谎呢？我当即让她联系吴欢，对方却人间蒸发了。我看了她的身份证，名叫袁红。她见我起疑，主动打开手机，把聊天记录展示给我看。

"我不是不信你，只是我们辖区近一周内根本没有发生过交通事故，假如真如你所说，你儿子因为交通事故身亡，那一定是一场严重的交通事故，即使司机不报警，旁观者也会报警的。这里到处都是探头，不可能一点儿痕迹不留。"

听到"探头"的字眼，她激动地抓着我的手说："求求你，帮我看看监控。"

我看到这位母亲泛着泪光，不忍拒绝。我对她说："我留在这里看监控，你去对面的地方派出所打听一下，说不定交通事故是发生在他们辖区的。"她重重点头。

半个钟头后，她又来到广场上。我问她："有消息吗？"她摇摇头。我说："你别急，我把你儿子当天的体貌特征发给了指挥室，说不定很快就有消息了。"

话刚落音，对讲机响了。指挥室说，那人找到了，有点儿情况，需要我亲自去看。我来到监控大屏幕前，点开回放，发现张宇出现在东广场上，这时，他遇到了另外两个小伙子，三人推推搡搡，继而发生肢体冲突。其中一个小伙子突然甩掉外套，冲向张宇，使出一记干净利落的肘击，张宇应声倒地。刚倒下时，他双腿明显抽搐了几下，随后没了动静。两个小伙子见形势不妙，立即离开了现场。过了两分钟，我在画面中再次看到那名打人者，他居然大摇大摆地走了回来，从口袋里掏出手机，对着倒在地上的张宇拍了一张照片，然后转身离去。

又过了一会儿，又有两个人赶到东广场，见状，他们将张宇抬上一辆出租车。

我把监控视频截图放给袁红瞧，她认出抬走张宇的其中一人正是吴欢。吴欢把人送到医院，接下来就联系了袁红。看到这里，我有些不解，吴欢为什么要躲起来，这起冲突是否与他有关，看来只有找到本人当面询问。

既然吴欢这一头暂时联系不上，那就先通过打人者的身份进行调查。我调阅了打人者的轨迹，发现他们进了城际铁路的站台，二人的落脚点极有可能在郊区。

该如何确定二人的身份呢？我决定从车票入手。既然他们直接进站乘车，就证明其提前购买了车票。

我调出自动售票处的监控，果然发现他们的身影。车站监控画面因为距离原因，只能看到他们模糊的轮廓，若想获取清晰的正面照片，只能寄希望于自动售票机的抓拍画面。我来到客运值班室调阅监控，只见另一人购票时，肘击张宇的人并未上前，而是站在一旁，监控只能拍摄到他的半边身子。正当我不抱希望时，画面里出现了一位女生，她对着自动售票机不知如何操作，出乎我的意料，打人者见状，竟然主动上前一步帮她按了两下屏幕，就是他这一热心举动，让我看清了他的面目。

彼时人脸识别尚未普及，我只能把他的正脸截图发了单位的工作群里，试图碰碰运气。不出十分钟，就有了回音。S南站的同事说，这小子曾经被他们处理过，我喜出望外，让他立刻把此人的身份信息发给我。

此人名叫史强，二十岁，因为在S南站被罚过款，算是留了个底。有了身份信息，下一步就是确定他的落脚点然后展开抓捕行动。

通过技术手段，我很快锁定了嫌疑人的住处，位于郊区的一栋出租屋内。行动当天，我们出动了两辆车，为避免打草惊蛇，我把警车停在了隔壁小区。我身穿便衣先去踩点。恰巧，出租屋有一个外出的人正好回来，我当时站在三楼楼梯口朝上张望，他走到门口没有敲门，也没有按门铃，而是按下了一侧的开关。门开了，我看到客厅的灯光五颜六色，不停闪烁着。

奇怪的是，那人没有随手关门，于是我朝外面招招手，快步跑了上去。我推开门走进屋里，发现客厅空无一人，我朝卧室望了一眼，只见里面摆着两张上下铺，像大学宿舍似的。

我没有贸然闯入，而是待在原地等同伴赶到，四五个人一起拥入客厅。我指了指卧室，示意人在里面。踩点时我就观察过了，卧室有防盗窗，只要我们守住客厅，里面的人就插翅难逃。

队长冲我做了个手势，示意我第一个进去。

三、二、一。我冲进屋里，大喝一声："不许动，我是警察。"屋里三个人正在打扑克，刚回来的那位站在一旁观战，他们出奇淡定，居然没有一丝反应，依然我行我素，继续出牌。

我以为我这一声吼会吓得他们抱头蹲下，没想到眼前竟是这番场景。

队长探头瞧了瞧，大手一挥，大部队鱼贯而入。队长也习惯性地说了句："别动！"

等到我们赫然出现在他们面前，他们才后知后觉地丢掉手里的扑克牌，我一眼认出穿蓝色外套的正是史强，立马抓住他的手臂，上了背铐。

抓到嫌疑人的第一步当然是确认身份。我问他："你叫什么名字？"他"啊啊啊"地张大嘴巴。这时他的一个室友伸出手，指了指史强的嘴巴，在半空使劲地摇晃手指，然后又指了指史强的耳朵，重复摇晃手指。这下我算看明白了，原来史强是个聋哑人。不只是他，整个屋里都是聋哑人。

怪不得我们进入时，他们没有一丝察觉。他们不用常规门铃，而是使用彩色灯光作为进出的指示。

史强落网后，所里专门聘请了一位手语老师到现场做翻译。

因为每个问题都要经过手语老师的翻译、确定，故而第一次审讯居然用了三个半小时，才理清了整个案件的来龙去脉。

据史强交代，他和张宇是因为抢生意而产生了冲突。所谓生意，其实就是他们赚钱的一种方式——乞讨。史强说，因为火车站乞讨生意不好，他们将视线瞄向了医院。一次，他的好友朱昆在医院乞讨时碰到了张宇一伙，当时张宇和另外两个同伴在一起，将朱昆驱赶出医院以"宣示主权"，并威胁朱昆不准再踏入他们的地盘。

吃了闷亏的朱昆，心里一直记恨着这一茬。当日在 S 火车站，他和史强偶遇落单的张宇，便上前理论，史强一心要替朋友出头，讨个说法。不料张宇却警告他们快点儿滚蛋，他用手势说："我的朋友就在附近，再不走，等会儿你们就走不了了。"

史强心中的怒火被点燃，他决定教训一下对方，于是便出现了监控画面中的那一幕。

我问他："你折返回去不救他，却只拍了一张照片，这是为什么？"他回答，想把照片存着，以后如果碰上挑衅的人，告诉他们这就是与他对敌的下场。

我懂他的意思，口说无凭，他拍下照片，更像是在搜集战利品。只不过这一冷血操作错过了张宇的最佳抢救时间。在一条即将逝去的生命面前，史强的脑子里依然想着他的"生意"，并未意识到事情的严重性。

我询问了当时在场的另一个人朱昆，整个事件因他而起。他在供词里说，因为在医院吃了哑巴亏，见到落单的张宇，他就想着出出气。没想到史强下手这么重，对方这么不禁打，如果可以的话，他愿意替史强去坐牢。

我跟他说："法律不是儿戏，人又不是你打死的，你顶哪门子的罪。"

在和手语老师的沟通过程中我了解到，聋人的世界相对封闭，喜欢抱团。一个聋哑人假如在路上碰到另一个聋哑人，不出十分钟，就会成为朋友。他们之间的信任建立速度远超我们的想象，友谊一旦建立，便是牢不可破的。这也合理解释了为何史强会替朱昆出头，而朱昆居然想替史强顶罪。

但为了义气，做事不考虑后果，甚至将法律当儿戏，就不是真正的义气。

史强归案后，一直躲在背后的吴欢终于现身了。他接到张宇母亲发送的短信，主动来到派出所配合调查。他之所以在警方调查的关键时候"隐身"，主要和他从事非法乞讨有关，他清楚地知道，出了人命，警方肯定会对这个特殊行当进行打击。

作为张宇的朋友，吴欢的举动配得上这份友谊。他先是将张宇送到就近的区立医院，后因医疗条件有限转院到市立医院，虽然最终没能挽救张宇的生命，作为朋友，他尽力了。在张宇去世后，吴欢觉得有义务通知他的家人，让他叶落归根。

吴欢的举动，使我想起一部由赵本山主演的电影，名字就叫《落叶归根》，讲述的是一个叫老赵的工人为了将死去的工友送回老家而经历的一系列既可笑又可悲的故事。而这个案件中，我看到的是一个无助的母亲，她千里迢迢而来，只为弄清儿子死亡的真相。

可真相有时意味着残忍，没有办法，这就是生活。以后每当我遇见聋哑人，便会联想到张宇的母亲，以及因一时斗狠而断送一条生命，更断送自己后半生的史强。

19

候车室中的江湖散人

有段时间，我常在黄昏时见到一个青年出现在火车站西广场，每次他手里都捏着一片树叶，大小不定，有时是扇形的银杏，有时是巴掌大的梧桐树叶，有时是一片小小的椭圆桂花树叶，更有甚者，我见过他捏着一片碧绿修长的柳叶。他用树叶遮住左眼，右眼直视夕阳，不时调整角度，酷似一位工地施工前测绘地形的建筑师。他虔诚的表情，又像在参与一场宗教仪式。

太阳落山，他将树叶小心翼翼地装进口袋，缓缓离去。

我曾多次碰到他，都没敢贸然上前，生怕打扰他的"修行"。有一次，我穿着便衣，立在不远处静静注视。我当时心里涌出一股莫名的冲动，待夕阳西下，真想上前去问一句，他到底在看什么，但终究没有问出这个问题。

几天后，我发现青年不再出现，我想象着他透过翠绿的树叶，一定看到了我所看不见的风景，或许是一片深渊，或许是斑斓世界，谁知道呢。只是每次黄昏时，我都会情不自禁地朝青年曾经驻足的地方投去一瞥，希冀视线里出现那个熟悉的身影。

日常巡逻中，我在火车站广场上总是会遇到一些有精神疾病的患者，他们喜欢把火车站当家。时间长了，我无师自通般学会了和他们打交道的方式。在成为铁路警察之前，我可万万想不到有朝一日自己会熟稔与此相关的心理学知识，也懂得如何像个"老娘舅"那样安抚他们的情绪。

冬天来了，春天的脚步近了。作为一名铁路警察，我对人人向往的春天却充满着一丝莫名的焦虑。每当油菜花盛开时，我在火车站广场巡逻时都要多留一个心眼，时刻注意着广场上有没有突发事件。俗语有云，"菜花黄，病人狂"，这话有科学依据。医学资料表明，每年油菜花飘香的三至五月份，是人的情绪最差、最不稳定的季节，也是精神病患复发率极高的时期。而火车站这个鱼龙混杂的地方，让我也很容易在这个时期遭遇患者，如果没意识到对方的病情，就很容易处理不当。

我记得非常清楚，那是四月的一天，候车室的一个同事请公休，我去顶岗。当天有一个身穿奇装异服的中年男子在候车室念念有词，旅客见状报了警。我赶到现场一瞧，只见这人蓄着长须，头顶光秃秃的，唯有后脑勺上扎了一根小辫子。

他像个江湖散人那样扎稳马步，运气于丹田，朝人群大喝一声："打我一拳试试看！"

"有病吧。"一个旅客嘀咕一句，快步离开。

我的手机响了，是张小凡师兄打来的。他开口就问："文的还是武的？"

通常我们以"文"和"武"区别有精神病倾向的旅客。所谓文的，这类人没有暴力倾向，主要表现为神情呆滞或恍惚，口中或呢喃自语，或滔滔不绝。此类患者不会伤害别人，只要保证不要刺激到他们，安抚其情绪，他们就会慢慢恢复正常，我们也很容易和他们及他们的家属进行沟通。

至于"武"的，就很难处理，他们发病的时候不仅可能伤害无辜旅客，有时还会自残，无论何种情况都是我们不愿见到的。面对这样的人，我们必须首先疏散旅客，然后采取保护性约束措施将其控制住。

我在电话中回了一句："目前看来是文的，不排除后续发作的可能。"张小凡不放心，说了句："你先观察，等我上来。"

我凑到中年男子的面前。见我盯着他，他问了句："你干什么？"我说："不干什么，徒步巡逻。"他也斜着我，嘴里开始念起像咒语似的话，语速由缓至急，声调从快变慢，不仅念咒语，甚至手舞足蹈起来，在原地转着圈圈，搞得跟做法事似的。

旅客们看热闹不嫌事大，各自放任行李不管，纷纷围拢过来。

有个男子为了近距离观赏他跳舞，竟然和我并排站着，丝毫察觉不到潜在的危险。我一把将他推到身后，喝一句："别凑热闹。"他反唇相讥道："你咋不管管呢？"

话音刚落，江湖散人忽然冲过去一把揪住他的衣领，凶神恶煞地问："你为什么跟着我，是谁指使你来害我的？快说！"

我无奈地叹了口气。显然，江湖散人是被围观的人刺激到了。

那男子的脸色登时变得惨白，他尝试着挣脱，不料江湖散人力大无比，死揪着他的衣领不放。

我冲人群喊道："都离远点儿。"人群节节后退，形成一个圆圈，将我们三人围在圆心。

就在此刻，张小凡赶到现场，他从人群中逆行，渐渐靠近圆心，我和他低声交了个底："受刺激，发作了。"他会意，朝我摆摆手，示意把人群疏散到另一个候车室。

最好的办法，就是让江湖散人冷静下来。

在我和保安的轮番劝导下，围观者悻悻退出候车室，我赶紧拉起一道警戒线，防止旅客误入。热闹的场面陷入冷清，江湖散人的情绪也稍稍降温，张小凡非常熟练地和他聊起了家常。

"你老家哪儿的，准备坐火车回去吗？"

江湖散人恶狠狠地瞪了张小凡一眼，问："你干吗的？"

张小凡指指袖章的警徽："我是警察，来保护你的。是谁想害你，跟我说说？"

按照以往经验，碰到这类被害妄想症患者，只能顺着他，尽量找共同语言。但眼前情况不宜久拖，保不准他会在下一秒爆发。

张小凡问他是否要坐火车回家，他沉思片刻，回了句："我没有家。"

"那你家人呢？"

"都死了。"江湖散人愤愤道。

张小凡继续说："这里很安全，你先把人放开，他只是一个坐车的旅客，不会伤害你的，你要相信警察。"

"哼，你是警察吗，怎么证明你是警察？"

张小凡从口袋里掏出警官证，亮给他看。他定睛瞅了瞅，斩钉截铁地说："那是假的，别想骗我。"随即勒紧了那人的脖子。

我和张小凡对视一眼，立刻冲了上去，我俩一人控制住江湖散人的一只手。"人质"挣脱后，连滚带爬地出了候车室，跑得远远的。

两名保安拿出约束带准备帮忙，哪知江湖散人劲儿挺大，一反手竟然挣脱了张小凡的控制，挥起拳头，使出一记摆拳，不偏不倚打在张小凡的右眼上。

受到重击的张小凡身体摇晃一下，很快恢复平衡。那一拳打出去后，江湖散人怔怔看着张小凡，仿佛在默默倒数，等待对方倒下。不料，张小凡回过神来，干净利落使出一招抓肘折腕将其制伏。

222

我们四人都累得直喘大气。这时，我一抬头，发现散开的人群复又围拢过来。

"都散开，没什么好看的！"我大声喝退人群。有人意犹未尽不肯离去，仿佛不要钱的热闹不看白不看。

有时候我对看热闹的人群特别无奈。他们意识不到，正是自己对待这些病人玩笑一般的态度，加深了病人的恐惧，最终引发病人失控甚至加重病情。

这时我才把注意力从江湖散人转移到张小凡身上。我定睛一瞧，天哪，张小凡的右眼肿得灯泡似的，看着都疼。

张小凡用力睁开眼睛，让我凑近瞧瞧他的眼珠，他又伸手摸摸眼眶，触电似的缩了回去。他苦笑着说："还好，能看到东西，就是肿得厉害，一摸贼疼。"他抬眼扫视一圈，说了句"没有旅客受伤就好"。这时，他还不忘记叮嘱我检查一下江湖散人有没有事。

"他没事，你快去医院看看吧。"

我们合力把江湖散人转移到重点旅客候车室，安顿下来后，留下两个人看护，我便向值班领导请假，陪张小凡去医院。

去医院的路上，他问我，有没有叮嘱看护人员，让他们提高安全意识。

我说："你少说话，休息一下。"

他扬起手中的冰袋，半咧着嘴说："我伤的是眼睛，又不是嘴。"刚说完，又发出一声呻吟。

医生检查后，说，好在没有伤及视网膜和眼球，于是开了点儿消炎止痛药。回到所里，我从江湖散人身上搜出一张火车票，查到了他的真实身份。原来他叫尤三宝，东北人。

我从村干部那里得到他二哥的电话，打过去，对方说："我弟所有事情都和我无关，我更不会去 S 市接他。"

我又打给尤三宝的大姐，她的语气倒是挺平和，先问这弟弟是不是又闯了什么祸。我说没有，就是在候车室时情绪不太正常，有旅客报了警，我们把人保护了起来。

她说："你别骗我，我接过好几次警察的电话了，每一次他都闯祸，我去了不是赔钱就是道歉，再也不去了。"

千言万语汇成一句话：坚决不来。

最后，我再次打电话给村干部，询问尤三宝家里还有什么人。他说，尤三宝的父亲还健在，去年摔了一跤，至今卧床不起，要不给他打个电话试试。

我说："行，你把号码给我。"

电话打过去，老头接了电话，说："你让三儿和我说话，我正愁找不到他呢。"我说："他现在情绪不稳定，等平复了再说。"

老头抱着电话不肯挂，恳求我把他儿子送回去。我说："这我做不到。"他生气了，说："不是有困难找警察吗，为人民服务难道只是一句空话？"

电话打得不顺利，我和领导汇报了情况，下一步打算先把人送到精神卫生中心。就在这时候，我接到看护保安打来的一通电话，说尤三宝恢复正常了。

我立马赶到现场，发现他和之前判若两人。

他问我，为什么要把他绑起来。

我说："你之前犯病了，打伤了我的一个同事，这事你有没有印象？"

他摇摇头，说："不记得了。你赶紧把我解开，我还要赶车呢。对了，现在几点了？"

我回一句："四点五十分。"

他叹一口气，说："来不及了，已经发车了。"

我一听这话，觉得他是恢复正常了，因为那张车票是四点半的。我安慰他说："没关系，车票可以改签，你现在确定自己思维清楚吗？"

他笑着说："当然，不信的话你可以考考我。"

我说："没必要，我请示一下领导，如果可以放行，我会放你走的。"他说了句谢谢，然后目光直直盯着我。

"还有其他问题吗？"我问他。

他想了想，说："也不是什么大问题，就是有点饿了，能不能给我弄点儿吃的？"

我对一旁的保安说："给他拿份西餐。"尤三宝听说吃西餐，乐呵呵地说："没必要这么丰盛。"

我忍不住笑着说："你想多了，西餐就是面包。"他收敛笑容，一脸失望。我心想，看样子他确实恢复正常了。

通常进入审讯室的对象，赶上用餐时间，标配是一瓶矿泉水加一袋面包。除了"西餐"的戏称，以前被送往拘留所的"常客"，一进门管教就会问，今天是大礼包还是小礼包。所谓大礼包，就是包含洗漱用品及方便面、火腿肠、咸鸭蛋等吃的；小礼包就是缩水版的大礼包，没什么零食、小点心。

我向领导汇报了尤三宝情绪趋于平稳的消息，得到的答复是，确保安全的前提下予以放行，这也是最为稳妥的解决办法。譬如对待一个醉酒的旅客，我们对其采取保护性约束措施后，等他酒醒，意识恢复正常，也就让其自行离开了。

既然尤三宝意识恢复正常，我打算给他做份笔录，让他坐下一趟火车。我正准备带他去值班室，没承想，他刚起身，就蹦蹦跳跳地围着候车室转圈圈。我一看情况不妙，立马疏散旅客。

唉，这家伙又犯病了！

好在重点旅客候车室人不多，我让保安赶紧把一位坐轮椅的老太太推到客运值班室。候车室清空了，下一步还得把人控制住。

张小凡师兄闻讯，不顾眼睛疼痛迅速赶来，立即把候车室出口封上，防止他窜到其他候车室袭击旅客。

尤三宝故意躲着我跑，一边跑一边唱歌，唱《好日子》和《八月桂花遍地开》。张小凡和我边追他边说："情况严重，别犹豫了，等人控制住直接送去精神卫生中心吧！"

前一秒还在放声歌唱的尤三宝听闻"精神卫生中心"几个字，立刻沉默下来。这沉默如此反常，我心说不妙，怕不是又刺激到了。

果然，他突然面露惊惧，猛地发力狂跑。我和张小凡包抄过去，没等碰到他，尤三宝脚下一滑，后脑着地，"咚"的一声，我听着都害怕。

张小凡师兄比我经验丰富，我还在愣神，他已经大跨步冲了过去，俯身听听心跳，一边开始做心肺复苏，一边大喊："快叫救护车！"

我们谁都没有想到，这一摔竟然这么严重，尤三宝最终没有被抢救回来。

意外发生后，我十分沮丧，总觉得自己对尤三宝的死负有一定责任。我再次联系尤三宝家属，对方听说他死了，第一句话就问："能赔多少钱？"

尤三宝生前究竟是个什么样的人，我们再也没有机会知道了。他的遗物是一只棕色皮革密码箱，里面装着一个大罗盘，还有几张杏黄色的符箓，上面的字迹龙飞凤舞。这些东西和他当日穿着倒是挺配。也许，他此时正在另一个世界问道，再也没有疾病的苦恼。

20

栖居火车站的日本人

我在南广场巡逻，一干就是五年，这期间甚至连候车室都很少踏足。直到近日，我兼职便衣组工作，负责站区治安防控。

这天下着大雨，当我巡视到候车区环道12号柱子旁，不远处一位皮肤黝黑个子敦实的男子出现在我的视线内。他穿着白色Polo衫，迷彩短裤，脚上是一双蓝底白帮拖鞋，手中握着一小截2B铅笔，笔尖"沙沙"响动，正在一丝不苟地写着什么。

他身旁有个折叠小拉车，里面放满了书籍，一个蛇皮袋压在书上，再往上盖着一套黑色西服，另一侧挂着一件白色衬衫，好像淋了点儿雨，正悬挂晾着。

他仍在专心致志地写东西。我见他中途从小拉车上抽出一捆铅笔，笔尖统统削过，只待使用时随意抽取。他换了一支笔，继续笔走龙蛇。

我的视线被小拉车上的书籍吸引过去，里面有一本厚厚的《不列颠简明百科全书》，它下方压着一本破旧的《现代汉语词典》，看着比二手书摊上的品相还要差。我缓缓向他靠近，又看见一本夏目漱石的日文版书籍，从书名上的汉字推测，应该是《我是猫》。

是日本人？

随着距离拉近，我看到他的白色 Polo 衫上污迹斑斑，短裤褪色严重，鞋子同样破破烂烂。

我心存疑虑，准备上前盘查一番。他一抬头，见我走了过来，立即把笔记本一合，紧张兮兮地打量着我。

我掏出警官证，说："你好，我是警察，请出示你的证件。"

看到警徽，又打量着我没穿制服，他狐疑地问了句："你真的是警察？"

"如假包换，不信的话可以跟我去民警值班室验证。我是便衣警察。"

他说的是字正腔圆的普通话，不存在任何卡顿，语速流畅清晰。可我终于还是开口问道："请问你是少数民族吗？"

他摇摇头，一字一顿，清晰地回答道："不，我是日本人。"

还真是日本人。

他把翻出来的护照递给我，我翻开，看见"小仓太一"的名字。翻阅他的护照后，我发现他在中国居住已长达十年之久。

我问他："你在本市上班吗？"他顿了一下，说："之前在本地一家日企工作，后来辞职去了趟澳门，眼下正在找工作。"他指了指那套西服，声称是专门为面试而购置的。

我夸他汉语讲得好，他腼腆地笑了笑，然后从夹在书中的档案袋里掏出一张孔子学院总部和国家汉办颁发的 HSK 汉语水平考试证书。

怪不得呢！他普通话说得比我还标准。档案袋里，还有一份英语雅思证书，我瞟了一眼：7 分。

我把视线落在他的小本上："你在写什么？"

他摊摊手："没什么，我写日记呢。"

出于职业敏感，我提出查看一下他的行李。他倒没有反对，反而起身为我解开捆绑的麻绳。他的大多数物品是书籍，许多书的书页黄得像晚秋的树叶，里面还有他用铅笔精心撰写的心得体会，只是大多是日文，我一个字也看不懂。

"这本书买多久了？"我拿起那本《我是猫》。

他思考片刻，说这本书还是他在早稻田大学时购买的，出国后一直带在身边。从他的语气和眼神中，我能察觉到这本书背后肯定有故事。

警察的职业习惯渐渐消散，写故事的好奇填满了我的心。

"这本书对你而言，一定有着特殊的意义吧？"

他微笑着问我从何而知。我指了指他的眼睛，回了句："眼睛是心灵的窗口。

"是不是和女朋友有关？"

他连忙否认道："不是女朋友。只是同学而已。"颇有几分欲盖弥彰的嫌疑。能把一本书随身携带超过十年，要么他是夏目漱石的铁杆粉丝，要么就是送书的人对他而言格外重要。从他珍视此书的态度可以看出，他很在乎那个"同学"。

"对不起，可以问你一个私人话题吗？"

他低头瞟了瞟手里的本子，面露难色。

"我不是要看你的日记，我是想问你来火车站干什么。"看他的样子，根本不是来坐车的。

他放下戒备，攥着本子的手稍稍放松。

"躲雨。"

"外面那么多地方，为什么选择来这里呢？"

他坦言："因为这里不用花钱。"

"可是，以你的学历和那些证书，应该很好找工作吧，估计工资还挺高。"

他听出了我的话外音，起身从小拉车的外套里掏出一卷钞票，展示给我看："你看，我有钱的，还没来得及兑换。"

那一卷大部分是百元面值的美元，打眼一看，有二三十张。除此之外，还有一些东南亚国家的货币。

"你赶紧收起来，火车站人员混杂，小心被人盯上。"我催促他把钱收起来，话题自然而然落在他的工作和收入上。

他说，每年他会工作一段时间，赚点儿钱存着，然后开启一段旅行，他去过中国不少城市和乡镇，他能一口气如数家珍地报出到访过的地方。当然在旅行过程中他也会不停给自己充电，考取各种证书，他自豪地从档案袋里抽出一张崭新的证书，那是他上个月刚考取的香港注册会计师证（The Hong Kong Institute of Certified Public Accountants）。

一瞬间，我脑海里闪现出两个字：学霸！

那他为何过着如此清贫的生活呢，苦行僧？我看不像。

我问他是否很喜欢旅行，去过哪些城市。听他描述，他的足迹大部分在南方。因为签证原因，每隔一段时间，他要出境一次，多数情况是从广州去澳门，或经深圳去香港。同样，由于签证时效，他不能在一个公司久待。但是，每一次工作接近半年，他也能存一笔至少六位数的薪水。

我问："你在 S 市有固定住所吗？"

他说："有，我经常住的地方是火车站北广场的阿霞旅馆，过夜收费五十块，包月的话可以打折。"

那个地方我知道，以前是"黄牛"聚集地，旅馆一条街。

"你怎么住在那种地方？"

他眉头一蹙，显然不清楚我何出此言。

"我的意思是，你工资挺高，没必要住那么便宜的地方吧。

再说，你住那里，随身带这么多钱，不怕被偷吗？"

他轻轻晃动脑袋，又让我看看他的打扮，然后笑着说："有哪个小偷会偷我这种打扮的人呢？"

过了一会儿，他的口袋里响起一阵闹铃声，他伸手摸出一部手机。那是一部非常过时的老人机，小屏幕刮花严重，实体按键磨损异常，几乎看不清上面的数字。

我和他开玩笑说："这部手机真是老古董，你都把它盘出包浆了。"

听完我的话，他不仅没发笑，而且表情严肃得令我有点儿不安："我平时不怎么用手机，因为这两天面试，所以买了一张手机卡，不然公司那边没办法通知我。"

现在这年头，连我老爸、老妈都用上智能手机了，他居然不用手机，这境界令我望尘莫及。我问他："如今公用电话亭越来越少，你平时如何联系家人呢？"

他撇撇嘴："那就不联系呗。我很长时间才会打个电话回去，反正都习惯了。"

从他的口气中，我察觉到他和亲人之间有隔阂。可能由于我是陌生人，而且还是外国人，更适合做一个倾听者，他愿意向我敞开心扉。

小仓说，他出生于北海道的一户农家，下面有两个弟弟。因为他学业优秀，进了早稻田大学，在那里他遇上一个叫星野的姑娘。他疯狂爱上了她，可因为出身贫寒，大学期间，一直没鼓起勇气向她表白。

那本《我是猫》是星野送他的毕业礼物。两个人在毕业前一同出游，在一家旧书店里，星野发现了那本二手书，因为出版年代久远，书籍已经泛黄，尽管如此，它的品相保存得极好。

小仓说，他回赠对方的礼物同样是一本书，芥川龙之介的《罗生门》。毕业后，小仓在东京找了份工作，他经常加班到深夜，为的就是得到老板赏识，争取早点儿出人头地。等到有了一定经济基础，他就会向星野表白。

生活总是喜欢和人开玩笑。他挣的钱还没焐热就被老爸要走了，理由是弟弟要结婚，置办婚礼及结纳金是一笔数目不小的花销。他们口中的结纳金，其实就是彩礼。我以为只有我们国家结婚要彩礼，没想到日本也有这项"传统"。

小仓把挣来的钱给了父亲，等老二完婚，老三又开始相亲，为成家做准备。

小仓上了名校，在东京上班，在一个农民家庭等于光宗耀祖。我想起一个时髦的说法：全村的希望。

他的确成了全家的希望、全家的顶梁柱。小仓说，那两年他赚的钱全部打到了父亲的卡上，自己租住在东京一间逼仄的房间。那阵子他感觉在为全家打工，生活完全看不到尽头。

我说："全家供你一个人上大学，估计花费了不少钱，你这么做也算反哺回报了。"

闻言，他口中蹦出一串"NO"来。他解释说，自己上大学没花过家里一分钱，除了外出兼职，他还拿了奖学金。

然而造化弄人，突然有一天，他收到星野的结婚请柬，才明白他失去的远比追求的重要得多。

"那段时间，我满脑子都是钱，竟然忽略了生命中最重要的人。婚礼上，我穿着笔挺的新西装，强装笑容走上前去祝福新人。星野老公是个 IT 男，长得比我帅，挣得比我多，我承认他比我更配得上星野，可我心里还是放不下她。我喝得酩酊大醉，吐得一塌糊涂。第二天洗衣服时，我差点儿又吐了，那附着在衣服上的秽物实在太难闻了。一个月后，我就出国了。"

说到这里，他又抿了一口水，接着反问我说："你觉得我这算不算逃避？"

我没有回答。面对人生，每个人都要不断作出抉择，抉择的一刹那有时远比结果更重要。

我问他打算什么时候回日本，他想了想，摇摇头说："不清楚，或许过两年，也许等老了，一切未定。"

从他闪烁的眼神中，我捕捉到一丝悲伤。或许，等他踏上故土的那一刻，就是他和家人及那段无疾而终的爱情和解的时刻。

他没有过度责怪亲人，但我能察觉到，他把自己失败的爱情归咎到了父亲的头上。透过和他聊天的点滴，我能嗅到他心中的遗憾。他似乎在逃避着什么，又在追逐着什么。

这是第一次也是最后一次遇到外国人和我敞开心扉聊天，后来一到下雨天，我在候车厅巡逻时，便会情不自禁联想到学霸小仓。他回国了吗？又或许，仍在哪里游山玩水？

21

收藏火车的老人

南广场上，我见过不少形形色色的人，老韩算得上最有趣的一位。我和他相识于三年前，那是一个深秋的夜晚，刮着冷风，八点一刻，我接岗后开着四轮电动车照例在广场巡逻一圈。当车子来到西南角时，右车灯打在一位独坐老人的双膝上，我抬头一瞧，老人赶忙擦拭眼泪。我问他是否需要帮助，他摇摇头，用沙哑的声音说："我没事的，就是有点儿难受，不用管我，我坐会儿就走。"

他越是这样说，我越发担心。

下午刚落过一场雨，晚上又起了风，连裹着外套的我都觉得冷飕飕的，更何况他只穿了一件毛衣，湿漉漉的裤脚向上卷起，屁股下垫着的报纸也几近湿透。

我说："跟我到值班室喝杯热水吧。"他迟疑一下，抬眼瞟瞟我，慢吞吞地起了身。

我把老人带到 102 值班室，他握着热水杯，隔了许久才探出嘴唇啜一小口，随后一口喝光。这期间他一直保持沉默。

一杯温水驱跑寒意，他又续了一杯，握着取暖。

"您是来坐火车的？"我试探性问。

"本来是的……但我又不能一走了之。"老人额头皱纹揪成一团，他抿了口水，接着说，"我要是回老家，嘉嘉就没人带了。"说完，他怕我不明白，随即补了句，"嘉嘉是我孙子，今年三岁半，刚上幼儿园。"

原来，他是进城带娃来了，这天因为卫生习惯问题被儿媳说了几句，一气之下摔门而出，坐地铁来到火车站，本想买张票回老家，可他舍不得孙子，便一直在广场上呆坐。可碍于面子，他又不愿意主动回去。

我问他手机在哪儿。他摸摸口袋，叹一口气："我出门急，不记得有没有带。"

"你儿子的手机号有吗？我可以帮你联系他，让他来接你。"

"别、别、别。"老人用力摆手，他紧张的神情促使我把拎起的电话又卡回机座上。

"我不想回去。"老人长吁一口气，又冒出一句，"可嘉嘉明天还得上学。"

他把空水杯放回桌上，伸手去口袋中摸索什么，良久，掏出半包烟，客气着问我抽不抽。我摇头。

"我可以在这里抽吗？"可能是他看到了墙上贴着的禁烟标志，但他也分明看到桌上的红色铁制茶叶罐，里面堆满烟蒂。

"没事，您抽吧。平时他们都在屋里抽。"

一根烟的工夫，他简单说了下家庭情况。他叫韩从善，家住H市，老伴儿走得早，儿子大学毕业后到S市工作，经人介绍，谈了个外地女朋友，女方家坚持先买房后结婚。

"我七拼八凑，把十万块交到儿子手里，对他说，你爸就这么大能耐了，其余的你自己想想办法。他能想什么办法呢，只能通过小兰求她爸妈多支持点儿，一套房子，首付六七十万，我一辈子也挣不到。"

老韩掐灭烟头，继续房子的话题："这房子女方家拿的大头，阿志自然有点儿抬不起头，这些我都看在眼里。"

"儿媳对你不好？"我插话问。

他望向天花板，呷巴着嘴："谈不上不好，每年换季时都会给我买衣服，平时还给我零花钱。"

"那还可以嘛。"我本想安慰他的，没想到这句话把他惹毛了。

"她给我买衣服，是嫌我穿得土，去幼儿园给孩子丢脸。她说，你不为自己想，也替嘉嘉考虑，现在孩子都机灵，孩子看你穿得破，就会嘲笑嘉嘉。我说，衣服不管新旧，穿着舒服就行。她说，穿睡衣舒服，谁出门能穿睡衣呢。每次吵架，阿志都夹在中间，我怕他受委屈，尽量把苦往肚子里咽。她凶我像凶孩子似的，她对嘉嘉倒没这么凶。"

他的愁容又多了几分，右手不自觉地向烟盒移动。随即，他又点了一根。

这时，我才把话题引到他抱着的高铁模型玩具上。

"这模型看着挺新，刚买的？"

"嗯，铁路超市买的。这玩意儿花了我一百多块呢。"

"买给孙子的吧？"我笃定道。没想到他的回答令我吃惊。

"不，这是我买给自己的礼物。"

我听得真真切切，带着揣测问了句："您过生日？"

老韩微微颔首，以一副饱经世事沧桑的口吻道："没想到一晃就六十了。"

我打量着老韩，他稀疏的头发银灰参半，连鬓角和胡须也被染成霜白。他要不说，我以为他起码有七十岁呢。

他看出了我的狐疑，解释说，因为他结婚晚，生孩子也晚，阿志出生时，他已经三十岁了。在那个年代，他被人嘲笑为老来得子。

"正因为这样，阿志刚毕业，我就催他早点儿结婚，没想到卡在房子上。等到买了房子，我又催他生孩子，我怕拖久了，等不到抱孙子那一天。街坊邻居都以为我进城享福了呢，他们说，你儿子铁饭碗，又在大城市买了房，你辛苦大半辈子，终于能去享享清福了。他们不知道，多少个夜里，我坐在窗台前发呆，我真的睡不着……想抽根烟，都得躲到楼下。每次晚上去厕所，我都踮着脚走路，冲马桶也不敢用力按。"

"你有没有想过分开住？"我的问题令他瞠目结舌，从他的表情看，他不仅没想过，甚至也不允许儿子、儿媳这般想。

"家里三个房间，又不是没地方住，干吗分开住。一来不方便，二来也多花钱啊。他们要是让我出去住，我就直接回老家。"老韩态度坚决，仿佛这是他的底线，不容触碰。

见他情绪激动，我把话题拉回到那个高铁模型上。

"为什么会送自己这么个礼物？"

"不为什么，就是喜欢。告诉你一个秘密，我老家有个大谷仓，里面堆满了我的宝贝。"

他的话使我一怔，追问他："什么宝贝？"

"和火车有关的，只要是你能想到的都有。"他的脸上掠过一抹幸福的笑容，连他自己都没意识到。

"不会连火车头都有吧？"我笑着问。

"有。"他重重点头。我干巴巴咽了一下口水，心想，这老人还真是深藏不露。

"您年轻时在铁路工作？"

他的回答又使我一惊。他说："我就是个养猪的，和猪打了大半辈子的交道，现在老了，不吃猪肉了，因为从手里送出去的猪太多了。当然，还有另一个原因，如今的猪净吃饲料，像气球一样被吹起来，那肉能吃吗？"

"那您为什么对火车情有独钟呢，一定有特别的原因吧？"我再次抛出好奇。

他陷入短暂的沉思，像在回忆往事，又似在整理思路，思忖着如何把他和火车的渊源讲清楚。这当口儿，他又习惯性把手伸向烟盒，抖出最后一根皱巴巴的香烟，点了两次才点着。

"我年轻时去考过火车司机，当时笔试分数名列前茅，但因为成分问题，被刷下来了。"

"你家是地主？"

"要是地主就好了。我家祖上三代都是贫农，不然我还用养猪吗？"

我无言以对，只能暗暗点头。

"我当时知道自己笔试第一名，激动得一晚上睡不着，心想这下板上钉钉了。我爸得知消息后，逢人就说，我儿子马上去开火车了。结果，一位校长晚上来到我家，忧心忡忡对我爸说：'你得想办法花点儿钱，不然名额不稳。'我爸挥动着手中的烟袋，不解地问：'都第一名了，为啥还要花钱。我就不信邪了，还有人敢明着抢。'老校长认为话说到了，背着手走了，我送他到门口，他对我说：'劝劝你爸，别让煮熟的鸭子飞了。'我明白他的意思，该花钱还得花。可我爸坚决不同意。结果，面试之后，我落榜了。我爸为这件事闹到了市政府，后来那一批考上的都不作数了，这也把我未来的路堵死了。"

见他情绪低落，我话锋一转："说说火车头的来历吧。"

"我们那地方靠近煤矿，以前专门为运煤修了铁路，后来煤开采得差不多了，运煤专线废弃，铁路被拆，我就托人买了两车废弃枕木和钢轨。再后来，听说煤矿上还有台火车头，我连夜去看了看，是台老旧的东风五型内燃机车，因为缺少保养，车头都生锈了，那人见我感兴趣，说当废铁卖给我。那家伙上百吨的重量，我可买不起。他把我拖出驾驶舱，嘴里骂着，没钱扯什么淡，还自称是什么火车玩家，回去好好养猪吧。因为这件事，我受了很大刺激，一直惦记着那台火车头。我们镇上有几个壮丁在矿里上班，只要他们回来，我就会去打听那台火车头的消息。他们笑我走火入魔了，还真是的，那段时间，我满脑子都是那台火车头。"

我抬头看了眼时间，不知不觉，一个钟头过去了，我告诉他，我得出去巡逻，让他独自坐会儿。他也跟着我起了身，低声问了一句："我能和你一块儿出去吗？"

"当然可以。如果你不嫌冷的话就坐在我旁边吧。"

由于天气原因，大多数有票的旅客都钻进了温暖的候车室，广场上旅客寥寥，我把车速放得很慢。老韩的视线不停地搜索，仿佛在找什么人。

"看什么呢？"我问他。

"没……没什么。"他口是心非。我猜出了他的心思，他肯定在期待家人的身影。离家出走已经超过五个小时，即使反应再迟钝，他的儿子也一定会到车站寻找。

没看到儿子焦急的脸庞，他很失望。我适时提出可以帮他联系家人，他一句话给回绝了："他要是有心，早就来寻我了，人家不来找我，我主动跑回去，这脸皮得有多厚？活到这把年纪，我自尊心还是有一点儿的。"

我理解老韩的处境，也没强迫他离开。于是我把话题接回火车头上。我问他："你谷仓里那台火车头是从矿上买来的吗？"

这个问题把他逗笑了。他说："你是没见过我家的谷仓，它根本盛不下东风五型的车头。最主要的原因还是穷，买不起。"

"那火车头到底哪里来的呢？"

经他一说，我才明白那辆谷仓的火车头不过是个花架子，说穿了就是个模型。为此，他远赴山东临沂，花了四头猪的价钱才将商家号称一比一定制的铁艺火车头模型买到手。后来他在空架子里塞进一个柴油发动机，安装上废弃的火车轮毂，使火车头焕发新生。只是碍于没有轨道，他无法进行实测。

"当年你花这么多钱买它，你妻子难道没意见吗？"我话刚说出口，才想起他是个鳏夫，不该勾起往事。

他目光一沉，头也垂了下去。此刻，他的沉默胜过千言万语，我从他的眼里看到了思念，还有内疚。果不其然，过了一会儿，他开始说起妻子。

"那可是四头猪，她心疼得很呢。她说，你花这些钱就买个铁壳子，这不是败家是什么。我气鼓鼓说，老子不抽烟不酗酒，唯独这点儿爱好，你咋就不能支持呢？那晚，她回了娘家，三天后才回来。打那以后，她没进过谷仓。两年后，她生病走了……我对不起她。我当时真想一把火把谷仓给烧掉，但我下不去手。"他哽咽着用双手蒙住眼，可眼泪止不住地往外蹦。我递上纸巾，把车开回102。

进屋刚坐下，他又冒出一句："幸亏没烧，她走了以后，那里成了我的避难所，每当我不开心的时候，就会一个人躲进谷仓。我喜欢坐进驾驶舱里，哪怕里面只有一张旧椅子。"

"你儿子知道谷仓里的秘密吗？"

抛出这个问题后，从老韩的表情看，我再次戳中了他的伤疤。

"他把那里当成禁地。甚至，他把妈妈的死也算到了我头上。儿子眼里，我是一个疯子。因为他不明白，我为什么会拿辛辛苦苦喂大的四头肉猪去换那个铁家伙。他第一次带儿媳回老家，儿媳对后院的谷仓很感兴趣，随口问了句，那里面有什么啊，为什么锁生锈了也不换。你猜我儿子说什么？"

我摇摇头，猜不出来。

"他对老婆说，那里面闹鬼，没什么看的。不信你问我爸。"

说完这句，他撇着嘴，挤出一抹苦笑："儿媳看着我，我看着儿子，儿子把头转了过去。当时我真是哭笑不得呀。"

"看来因为火车头的事，你们父子之间还是有隔阂。随着年龄增长，他应该会慢慢理解你的。"我试图安慰老韩，没想到老韩一句反问，把我呛得哑口无言。

"作为一个旁观者，你能理解吗？"

扪心自问，有点儿难以理解。我没回答这个问题，反而又接着追问："那火车头一直搁在谷仓里吗？"

"迟早我会开着它的，真有那一天的话，你一定要来看看。"说这话时，老韩眼里冒着光。

"一定会有那一天的，到时我肯定到场见证。"

他激动地握着我的手，感动道："你是第一个相信我能做到的，谢谢你！"

就在这时，对讲机响了。指挥室提醒，有人报警称家中老人走失，让我巡逻时留意。我询问报警者的姓名，老韩听到"韩立志"时，倏然抖了一下，嘴角短暂浮现出一抹苦笑。

"是你儿子吗？"我向他确认。他迟疑片刻，还是点了点头。

听说报警者在第一售票处附近，我决定开车过去，老韩没有上车，他选择等在 102。这是一个父亲的姿态，晚辈必须来请，才能消去他心头的怨气。

我闪着警灯，车子还没到售票处门口，一名男子便急匆匆走向我，见面第一句，语气急促道："是我报的警，我爸离家出走了，他可能来了火车站，能帮我看看售票记录或者监控录像吗？"他的额头布满汗珠，看来跑了不少地方。

我没有直接告诉他老韩就坐在 102 等他，而是按流程问了姓名和体貌特征，然后问了句："你爸离家多久了？"

他算了算时间，脱口而出："快超过六个小时了。"他手里攥着半瓶矿泉水及半块吃剩的面包，被汗水浸湿的刘海紧紧贴在脑门上。

"能想到的地方我都跑了，实在没办法了，我老婆提醒我，去火车站看看。"说着，他拧开瓶盖，一口气把水喝光。

我指指他手里的面包："晚饭还没吃吧？"

他摇摇头，极度失落道："找不到人，别说吃饭，恐怕今晚连觉也不能睡了。"

看到他这样子，我实在于心不忍。一个儿子该做的他都做到了，我没有理由让他继续饱受煎熬，因为找人这种滋味我也曾体会过。

"你爸……在我们这里。"

"真……真的吗？"他激动地抓住我的手，眼神里仍夹杂着些许怀疑。

"你儿子叫嘉嘉，对吧？这些都是老韩告诉我的。"我只说了一句话，就打消了他的所有疑虑。

"我爸在哪儿……他还好吗？"

"放心吧，他很好，就是跟你一样，晚饭还没着落呢。待会儿带你爸去吃点儿热乎的，他可是一直在等你。"

"等我？"

"是等你。不然他早就买票回老家了。"我把老韩的苦心讲给他儿子，和我年纪相仿的韩立志默默倾听着，面包被他紧紧攥成一团，他的眼神里溢出浓浓的愧疚。我向来反感说教，却不知为何在这个时刻，对身边的男人一番苦口婆心，只为了把一个老父亲的辛酸与孤独转述给他。

我有深刻的体会，有些话，老韩不会亲口对儿子说，他不想儿子夹在中间承受压力，所以他选择隐忍。

"还有，今天是他的生日。"

韩立志听完我的话，只哽咽着说了一句话："我对不起我爸。"

我拍拍他的肩膀，问他："准备好了吗？"

他坚定地点点头。巡逻车掉头，缓缓向 102 驶去。韩立志望着 102 站台，像漂泊在海上的孤舟看见灯塔一样，眼里饱含热泪。等我靠近 102 时，发现门开了一条缝，老韩在偷偷往外看。车子一熄火，门"啪"的一声关上了。

我示意韩立志别下车，我先进去探探情况。我推门而入时，老韩故意把头别了过去，直到我把门关上，他才意识到只有我一人进入。这时，他又把目光钉在门上，仿佛在问："我儿子呢？"

"他在外面。为了找你，他奔波了半天，累得嗓子都哑了，看来跑了不少地方，问过不少人。"

闻言，老韩急忙关切道："那你怎么不让他进来？外面风大着呢。"

他"噌"的一下站了起来，伸手把门一拉，父子俩四目相对。

"进来吧，你爸怕你冻着。"我打破沉默，冲韩立志微笑道。

韩立志紧贴着父亲坐下，接过我递给他的热水，一直保持沉默。见状，我便充当和事佬："天也不早了，你们去吃口热乎饭早点儿回去休息吧，明天还要上班不是？"

韩立志连说了两个"是"。一转头，他才瞥见父亲怀里的高铁模型，眼睛直勾勾地盯了良久。

临出门时，老韩故意拖后，他在我耳边低语道："警官，你是个好人，等我的火车造好了，一定邀请你感受一下。"

我把手机号码写在一张便笺上，交给老韩。他小心翼翼地装进口袋。韩立志冲我鞠了一躬，表示感谢。

浓浓夜色包裹着父子俩，老韩走在前面，儿子紧随其后，他们从重逢到离开，自始至终没说一句话，却又好似说了千言万语。

本以为老韩的故事到此结束。没想到三年后的一天，我在网上看到一个特别火的短视频，主角竟是老韩。画面时长仅仅一分钟，拍的是一位老人驾驶着自制小火车在环形轨道上行驶。火车头还被涂上了卡通动画托马斯小火车的造型。视频临近结尾时，老韩从驾驶舱里探出头来，冲着镜头竖起大拇指。

我从通信录里翻找出老韩的号码，心底稍稍涌出一丝失落。毕竟当初他曾信誓旦旦对我说，等火车造好，第一个邀请我。

过了一刻钟，我还是按下了拨号键，对面传来那个熟悉的声音："喂，哪位？"

他这一问，我反而沉默了。万一他不记得我，那多尴尬。

"你要是记者的话，我告诉你，没空。"看来最近他没少被记者打扰。在他挂断之前，我报出了身份。

这一次换成他沉默。

"哎，小尚，你终于打给我了。你换号码也不告诉我一声，我打过去，是个女人，她说打错了。我还不信，特意把你给我的纸条拿出来核对了一遍。"

我一拍脑门，哎呀一声："老韩，这事怪我，我换号时只在朋友圈发了一下，我忘了你还没我微信呢。"

一番寒暄后，我恭喜他梦想成真，终于成为一名"火车司机"。他语气一沉："唉，别提了，这事在网上一火，相关部门立马跑过来，说我的火车有安全问题，不仅拆了我辛辛苦苦铺设的轨道，还给火车头贴上了封条。这么一折腾，我也住进了医院。"

"你没事吧？"

"没事，年纪大了，跟机器一样，零件老旧了，就得保养一下呗。"

"谁照顾你呢？"

本以为这个问题会令他难堪，没想到他竟带着开心的口气说："还能是谁呢？我儿子连夜赶回来了。"

从他口中，我得知了大致经过。火车轨道被拆除的那天下午，他顶着烈日站在原地徘徊，久久舍不得离去，后来一头摔倒在地。好在120到达及时，送他去医院的侄子本来以为大伯只是天热中暑，没想到竟然是突发脑溢血。他赶紧打电话给韩立志，说医生这边催促家属签署手术协议书，那头干净利落地说："赶紧签，有事我担着。"

次日清晨，老韩醒来时，一脸倦容的儿子兴奋地挥拳，庆祝父亲战胜了死神。

"你咋回来了？"

"你都这样了，我能不回来吗？"

老韩这时才觉得脑袋沉沉的，伸手去摸头，却被儿子制止了。"这地方有伤口，你别乱摸。"

出了这档子事，相关领导赶到医院，对老韩的遭遇表示慰问。虽然医生也说没有确切的证据表明老韩的病发和受到的外部刺激有关联，但不排除是诱因之一。加上镇上人都说老韩是因为火车的事受了打击才发的病，这话一传十，十传百，很快成了当地的重要舆情，引起领导重视。曾经采访过老韩的几名记者敏锐地嗅到了其中的新闻价值，闻风而动，扛着长枪短炮跑到了医院。

出现在病房走廊里的中年男人，正是昨天现场指挥，大喊"给我拆"的那个人。和昨天相比，他的态度有了一百八十度的转变，开口闭口叫着"韩大叔"。

老韩见不得他低三下四的样子，只问了一句："我那轨道还能恢复吗？"

对方回答，不仅恢复，而且还要挂牌，成为大冈镇的特色乡村旅游项目，享受政府专项资金扶持。这些话给老韩吃了定心丸，病床上的他已经憧憬着再次驾驶小火车在蓝天下驰骋的画面。

"他们只有一个要求，不允许我私下接受任何记者采访。他们说，这关系到当地的形象，怕那些记者乱写。他们会开一个官方新闻发布会。"

怪不得火车被封了，老韩还能如此振作，原来他得到了官方支持。我想提醒他，那个许诺说不定只是缓兵之计，等他出了院，记者早就散了。

话到嘴边，还是咽了下去。即使那是个谎言，只要对老韩的恢复有益，也算是一剂良药，何必总把事情往坏处想呢，我得学学老韩的乐观。

临挂电话前，老韩盛情邀请我去参观他的杰作。八月下旬，再次接到老韩的电话时，他自豪地对我说，小火车主题公园已经揭牌，成为农垦小镇的特色旅游项目之一。县领导出席了剪彩仪式，他现在是主题公园的园长。

我们一家三口乘高铁再转出租车，终于抵达了大冈镇。按照导航，车子直接开到主题公园的位置，却未发现目标。

"不对呀，这地方我前几天刚来过，可热闹了。怎么连指示牌也没了呢？"司机站在车边，狐疑地打量着眼前的空地。不远处一片绿油油的稻田尽收眼底。

这时正好有个当地人路过，司机开口一问，那人摇头叹息道："别提了，昨天火车出事了，听说有几个小朋友受了伤，老韩也被带进派出所接受调查去了。这不，昨晚一群人连夜把主题公园拆除了。"

司机拍着大腿冲我说："你看，我说位置没错吧。这拆得倒挺干净。"

我答应过五岁的儿子，带他坐托马斯小火车。一路上，他兴奋地问东问西，都是关于老韩自制火车的问题。我还翻出网上的视频给他看。看完视频，他更兴奋了。

一盆冷水从头浇到脚。儿子失落的表情仿佛在埋怨我事先没有做好功课，害他白跑一趟。连我妻子也指着空地揶揄道："你说得对，这景点确实和别的地方不一样呢。"

司机见状，表示还要做生意，不能久等。我好说歹说，颇费一番周折，才让妻子和儿子下车。好在景区邻近小镇腹地，走一段路便是餐馆林立的美食街。我们走进一家老土灶地锅鸡店，一顿饭工夫，几乎所有人都在讨论火车主题公园的事故。

总结下来，因为火车行驶过程中脱离轨道，导致侧翻，乘车的小朋友受了不同程度的伤。据说有一位男童还被救护车拉去了县医院。作为园长以及唯一的驾驶员，老韩第一时间被警方控制。韩立志连夜赶回，至今仍在派出所。

公园虽然拆除了，但网上视频经过一夜的发酵不仅在当地人的朋友圈流传，甚至一度登上热搜。这一次，老韩恐怕要承担法律责任了。

用餐完毕，我们来到一处民宿登记住下，稍作休整后，徒步去了"荷塘月色"景点。由于过了最佳观赏期，大部分荷花已经凋谢，枯枝败叶中偶有一两朵鲜艳的花瓣被干枯的莲蓬包围。黄昏时，我们徜徉在一条羊肠小道，周围碧绿的稻田随风摇摆，走着走着，我情不自禁地哼起了歌。

一群放风筝的少年在田野里奔跑，这场景让儿子罕见地兴奋起来，他追随着那群放风筝的少年，奔跑着，雀跃着。妻子的脸色也不像刚下车时那样不满了。妻儿的欢笑，也稍稍驱散了我的"愧疚感"。

吃过晚餐，儿子抱着平板沉浸在动画片中，妻子握着手机，挑选照片，准备发一组朋友圈。我独自走出旅馆，向派出所走去。刚到派出所大门口，我瞥见一个熟悉的身影刚从里面出来。

"喂！"我朝他挥挥手。

昏黄的路灯下，韩立志认出了我。他十分诧异，我怎么会出现在这里。当我说明是受老韩的邀请来参观主题公园时，他忍不住发出一声重重的叹息。

他的黑眼圈很重，即使深沉的夜色也掩盖不了。他掏出香烟，递了一根给我，然后带我走到马路对面的一家夜排档。他客气着让我点菜，我说吃过了，他说，那就喝点儿吧。于是喊来服务员，点了四个菜，要了四瓶啤酒。

其间，我几次想提老韩的事，一看他沉重的面色，便把话咽了回去，等他主动开口。

两杯啤酒下肚，话题扯到了那起事故。

"尚警官，我实在没办法了。麻烦你帮我出出主意，看这件事怎么处理。我先敬你一杯。"他举起酒杯，一口闷光。

我平时虽然处理过不少警情，调解过许多纠纷，但眼下这事着实有些棘手。我让他把事情经过详细说一遍，又问了有关伤者的情况。最严重的伤者手臂骨折，其他三位小朋友医院检查下来没有大碍，只是擦伤破皮，这也算不幸中的万幸。

了解完情况，我跟他说："这件事老韩负主要责任，没有争议。但细追下去，当时是谁拍板建主题公园的，此人也难辞其咎。眼下，你可以从三个方面开展工作。其一，你先去探望受伤的孩子，主动承担起医疗费用，安抚家属们的情绪；其二，你去找镇政府的领导，出了事他们躲不掉，你抱着解决问题的态度找他们商量，由他们居中调停，大事化小，这也是他们最希望看到的结果；最后，老韩前段时间刚动过手术，派出所那边你去求求情，找个担保人，先让老人回家。"

韩立志全盘接受了我的建议。出乎我意料的是，孩子家属那边抱成一团，把矛头指向镇政府，质问当初是谁批准建的主题公园，有没有考虑过安全问题。他们围在镇政府门口讨要说法，反而把老韩架在火上烤，本来派出所那边同意把人放回家监视居住，这么一闹，老韩暂时出不来了。镇上领导绞尽脑汁也想尽快平息事态，派出所出面召集韩立志与家属们坐下商谈。赔偿金额居高不下，韩立志叫停了谈判。

这期间，镇上一位领导私下找到他，表明只要他全盘接受对方的条件，赔偿金这块他可以出一部分，谁让他是主题公园项目的签字者呢。他特意声明，此举是为了给领导减轻麻烦，费用由他自掏腰包，和公家无关。见状，韩立志只好揣着明白装糊涂，接受了对方的"好意"，但也提出一个条件，必须释放父亲。

对方显出为难状，躲到不远处打了一通电话，回来对韩立志说："只要家属那边达成和解，派出所这里可以从轻处罚，毕竟考虑到老人前不久刚动过手术，关久了有风险，当务之急还是和那帮家属达成协议。你明白我的意思吗？"

"明白，明白。"韩立志点点头，回答道。

"这件事拖久了对你爸也不利。你要知道现在可是全民记者的时代，网络上炒热了，上级重视起来，到时肯定要追究老韩。"

韩立志看得出来，对方比他还着急。但他不忍心让父亲在派出所久待，更不能拿父亲的生命冒险，开颅手术后医生曾私下对他说，这病再犯一次，十有八九救不回来。搁在以往，老韩出这档子事，他肯定会对父亲一顿指责，因为当初提及主题公园一事，他曾态度鲜明地提出反对，结果反对无效。老韩接受了园长聘书，把谷仓里前前后后搜集十余年的宝贝悉数捐出，用于主题公园建设。公园开门营业时，一度成为当地儿童的乐园。

按照合同，门票收入老韩和镇里五五分账，公园的维护费用也是两家平摊，这也算公平。韩立志事后才知道有合同的存在，怪不得镇上愿意出钱，说到底他们才是公园的实际拥有者。

事件的解决最终还是依靠金钱。韩立志和镇上六四分摊，最终平息了这场轰动一时的"脱轨事故"。

我在大冈镇只待了一晚，次日中午就离开了。

那之后的事，我是听老韩亲口说的。为了说这件事，他专门来到火车站广场找我。

老韩比三年前更苍老，头发已然全白，但精神状态尚可。我问他："你怎么知道我哪天上班？"

"我听你提过，你上大三班，最多连来三天，总能碰到你。"

"你不是有我的号码吗，给我打电话不就行了，省得空跑。"

他突然情绪低落道："别提了，前段时间手机丢了，号码都没了。更可惜的是，那里面还存着很多我当园长时开火车的照片呢。"

我开导他说:"没关系的,你开火车的照片视频网上一大堆,你可以下载一部分存在手机里当作美好回忆。"话一说完,我才意识到也许不该使用"美好"一词对这段回忆进行修饰,毕竟翻车事故对老韩来说称得上一场灾难。

他掏出一款智能手机,没等我问,就扬起嘴角说:"这是我儿媳给我买的,拍照可清楚了。"说着,打开相册,展示孙子的照片。我帮他下载了主题公园的照片,他最喜欢短视频结尾他从车窗里探头点赞的画面,我特意将它截图保存为图片,询问老韩是否将其设置成手机屏保。

老韩端详着手机屏保上孙子的照片,说:"不用了,嘉嘉这张照片挺好,我拍的。"

在他的心里,此刻家人比梦想更重要。

他说,这截图他可得回家给孙子瞧瞧,他爷爷是一名火车司机呢。

"你孙子没坐过你的小火车?"

他难掩遗憾地摇摇头,说道:"本来说好的,开学前嘉嘉回老家一趟,我特意把火车头涂装成他最喜欢的托马斯小火车,没想到天不遂人愿,那天我明明开得很慢,怎么就脱轨了呢?"

说到此处,老人下意识把手伸进口袋,掏出香烟。他点上烟,一边抽,一边说:"其实我孙子也特别喜欢火车,你还记得那个高铁模型吧，我拿回家就被孙子抢走了，那晚他是抱着火车模型入睡的。"

"主题公园的东西都去了哪里呢？"我好奇发问道。

"还能去哪里，被拉到垃圾场给埋了。为这件事我没少去镇政府喝茶。"老人抖抖烟灰。

"喝茶？"我有些不解。

"唉，你不知道，从派出所出来第二天，我就去了镇政府，那个时候没人接待我，我就偷偷溜到三楼，一只脚跨在栏杆上假装要跳楼，这下他们吓坏了，派出一个代表和我谈，把我请进办公室，泡一杯茶，问我有什么诉求。我说，钱也赔了事也了了，你们得把火车还给我，那些都是我私人藏品。对方支支吾吾，说得请示领导，就这样拖了三天，连喝三天茶，到第四天的时候，我就睡在他们办公室，不给我解决问题，我就赖着不走。"

"后来呢，事情解决了吗？"

他端起水杯，"咕咚咕咚"吞下两口水："不解决哪成呢？他们把我带到垃圾场，指着一个被填埋的大坑说，东西都在里面，要是不嫌臭的话，让铲车给我挖出来。我指着大坑大喊，挖！"

老韩的眼睛湿润了，他陷入痛苦的回忆，回到了垃圾场，再次目睹他视为宝贝的火车头被压成一堆废铁，托马斯的眼睛仿佛在流泪。

"挖到一半，我给喊停了。那些东西根本没法恢复了，它们已经变成了垃圾，而我之所以不死心，或许是想当面和心爱的东西做个正式的告别吧。我在现场哭得稀里哗啦，把身旁的人吓坏了，那个人拍拍我的肩膀，答应我一定给出合适的补偿。他朝我口袋塞了个信封，我问他多少钱，他比出三根手指，说这是他能力范围内争取到的最大数字。我没吭声，默默把信封装进口袋。他非得让我写个字据，保证事后不再为这件事惹麻烦。我冲那人笑了笑，对他说，我什么也不能保证，你们要是不放心，就把信封拿回去。

"见我要把信封掏出来，他赶忙捂住我的口袋，劝我说：'您也挺不容易的，埋那火车头的时候我在现场，看了里面的构造，听说都是你亲自操刀设计的，说实话，我还是挺佩服您的。'这句话戳中了我的软肋，很久没有人对我说这样的话了，即使是我的儿子，也没有夸过我的设计。"

老韩说话的措辞，根本不像个养猪户。我询问他的学历，他自豪回了句"高中毕业"。在那个年代那个地区，他算得上高学历。

"那个年代，在你家乡，一个高中生专门养猪，似乎有点儿屈才了。"我为他不平道。

他则坦然一笑："这有什么，你没看新闻吗，人家北大出来的博士还养猪呢！行业没有贵贱，就是个谋生的手段而已。"老韩喝了两口水，意犹未尽道，"说出来不怕你笑话，其实我还当了一段时间的代课老师呢。"

"哦，还有这种事？"

见我颇感兴趣，老韩展开说明了那段经历。千禧年前后，国家鼓励兴办教育，私立学校如雨后春笋，距离大冈小学西北、东北两个角的方向兴建起两座学校。校舍拔地而起，凭空多了两个校长，可教师资源就那么点儿，况且公立学校的在编老师不允许外出代课，于是两位校长开始张贴招聘告示，在镇政府广播里广而告之，除此之外，他们不约而同打起了退休教师的主意。尽管如此，教师缺口依旧很大，镇上一些"高学历人才"便成了他们三顾茅庐的对象。在镇上，大家伙儿都知道老韩是为数不多的高中学历，理所当然地成了"争抢对象"。

"我是再三推辞，说自己不会教书。那校长拍着胸脯说，我也没当过校长啊，凡事不都得有第一次嘛，俗话说得好，人有多大胆地有多大产。就这样，我成了一名数学老师。干了一年多，因为学校没有生源不得不解甲归田，干回老本行。那期间，大部分时间都是我爱人负责猪圈。回头想想，那段时光还是蛮幸福的，别人一口一个韩老师叫着，刚开始听着有点儿别扭和心慌，后来一想，那老张小学毕业都能当校长，他上学时，作业都抄我的，我有什么不好意思的。"

每一次老韩陷入停顿时，就像一阵激烈的鼓点渐渐停止，沉默中孕育着悲伤和失落。

后面的事他没有继续展开，凭我的想象，能体会到那种落差。

人们不再称他为韩老师，他刚适应了讲台，讲台却抛弃了他。

抛开代课教师的话题，老韩讲述了他从垃圾场离开后的故事。他揣着一瓶牛栏山来到妻子坟前，一边喝酒一边自言自语。后来喝多了，睡着了，一觉醒来发现天都黑了，这才拖着跟跄的步伐朝家走去，半道上有人认出了他，一人背地里说，那不是老韩嘛，他也挺倒霉的，当个园长，钱没赚着，人还进去蹲了几天，听说他儿子赔了不少钱呢。另一人见他一身酒气，更加肆无忌惮道，一个养猪的，非要玩什么火车，不出事才怪呢。

老韩虽然步子趔趄，但头脑是清醒的，他听到了别人的嘲笑，却没有进行一丝反驳。回到家，他径直走进谷仓，倒头大睡到天亮，赶最早的一趟公交车到县城，坐火车回了 S 市。用他的话说，老家已经没有值得他留恋的地方，他想念孙子了。

返程途中，老韩做了一个决定，搬出去住。儿子在小区里帮他租了个一室户，距离不过百米，自打分开住，少了许多摩擦，半夜里他可以光明正大地上厕所，烟瘾上来，他往沙发上一歪，点一支烟，悠然抽着。电视频道任由自己切换，不用考虑孙子的动画片。

"上个星期六，我儿子说要给我个惊喜，你猜是什么？"老韩居然学会了卖关子。

"猜不出来。"

"他带我去坐新开通的八号线，我心里纳闷，坐轻轨算什么惊喜？他带着我走到地铁头部，我才发现驾驶舱里居然没有人。他说，爸，你不是喜欢开火车吗，过来试一下。我走到驾驶台前，看着窗外的景色，那视野真开阔呀。我把眼睛闭上，听着列车的呼啸声，当我再次睁开眼睛，好像做了一场梦似的。儿子问我，爸，您怎么哭了？我说，爸这是高兴呢。"说这段话时，老韩的脸上乐开了花，这是我认识他以来他最开心的时刻。

聊了俩小时，老韩的手机闹钟响了。他急匆匆告别，说再晚的话就会耽误接孙子放学。他离开后，我掏出手机，打给老爸。最近几年，我一直不让他去钓鱼，因为久坐会加重他的病情。

"喂，爸，您想去钓鱼吗，我给您买套渔具，咱爷俩周末出去放松一下？"

老爸反问："你不会又在考验我吧？"

"怎么会呢，说定了，周末钓鱼。"

电话那头，父亲喃喃道："我又可以钓鱼了。"他的语气既充满兴奋，又夹杂着感慨。

我从内心感谢老韩，他给我的人生上了生动的一课。夕阳下，我和父亲各自举着手中的渔竿，他的视线紧盯鱼漂。

"动了，动了。"他不敢大声，却难掩兴奋。

那一刻，我才意识到这几年不该扼杀父亲的兴趣。看到父亲脸上挂着孩童般的笑容，我仿佛也看到了驾驶舱里的老韩。

鱼漂动了，一条筷子长短的鲤鱼浮出水面，老爸把它捧在手心端详片刻，又将它放归河流，看着鱼儿自由自在地游弋，他会心一笑。那笑容融化在金灿灿的夕阳里，宛如一张鲜艳的油画。画里的远方，依稀能分辨出一辆蒸汽机车正冒着滚滚浓烟，驶向绚丽的晚霞。

后 记

　　十年时光，弹指一挥间。犹记得刚到这座城市时，我背着沉甸甸的双肩包，里面装着我的全部家当。那时的我，想也不敢想，我会在这座城市有什么样的际遇。等到我结婚买房，拥有了自己的窝，那种曾经笼罩的漂泊感才渐渐退去。

　　故乡距离 S 市大约五百千米，每次离开时，望向车窗外后退的乡村景色，我的脑海中都会情不自禁地播放着那首叫作 *500 miles* 的英文歌。

　　回顾十余年的职业生涯，大部分工作时间我都在南广场上巡逻。如果把南广场比作一个舞台，这里曾经上演过诸多出"戏剧"。有时，我参与其中；有时，我是台下的观众。

　　我从未想过，这座大舞台竟也有冷场的时候。

2020 年的春运，广场上虽然人流如织，可大家都不约而同地戴上了口罩，有人买不到口罩，便用纱布或围巾代替，还有人用雨衣充当防护服，甚至有人佩戴防毒面具。他们脚步匆匆，眼神中闪烁着莫名的慌张，也更流露出对家乡的渴望。

史上最冷清的春运发生在 2021 年，因政府提倡就地过年，火车站门可罗雀，站区里工作人员比旅客还多。我犹记得自己身穿密不透风的防护服配合防疫部门工作时，护目镜上的雾气擦了又擦，视线总是模糊。那时的我，多想摘去口罩畅快呼吸。看着偌大的南广场空无一人，我的心底却涌出几分感伤，忽而怀念起人潮涌动的热闹场面。

令人欣喜的是，今年随着疫情的远去，我又见到了久违的"大客流"，停运的列车得以恢复运营，临客加班车"重出江湖"。我和同事打趣道："对嘛，这样才是火车站该有的样子。"

春天是个美丽的季节，万物复苏，和大家一样，我也多年未出门旅游了。等到春暖花开时，我想坐上风驰电掣的高铁，去领略祖国的大好河山。

关于我在南广场的巡逻故事远远没有讲完，假如你还想听的话，让我们相约在下一个春天。